おとなの始末

落合恵子
Ochiai Keiko

目次

第一章　おとなの始末とはなにか

——そのうちきっと、と思っているだけでは、
「そのうち」は決してこない。——

諦めも時に大事
「おとなの始末」はわたしの宿題

第二章　仕事の始末

――仕事は楽しいか。あるいは苦痛でしかないか。
楽しいと苦痛の様々なグラデーションを往復しているのが、
おおかたの現実というものだろう。

「仕事」以外の「居場所」を作る
定年後の深まり
名刺の肩書を削除する
過去ではなく、現在
見切りをつける
自前で暮らす
二度目の誕生日
ピラミッド型から平場へ

責任をとれることだけやる
もう必要とされなくなった？
残る欲望
次世代に手渡す
ひとりになって、やりたいこと
なにをしていると楽しいか
新しい挑戦
「おとな」にこそ伝えたいメッセージ
すべてはつながる

第三章　人間関係の始末
——血縁がすべててか？

「家族」と呼ばれる人間関係で、
「家庭」と呼ばれる空間で、
傷ついているひとはいないか？
友人関係においてもまた。

友人関係・デトックス
「自分さえ我慢すれば」からの解放
誰からも「いいひと」と思われなくとも
身動きがとれなくなる時
理想の家族などいない
「結縁の家族」という形
子どもがいなくとも
なぜわたしは母を介護したか
共倒れを防ぐために
夫婦の形に「正解」などない
「会話がない」？
ご飯は誰が作る？
夫婦ってなんだろう
友情、このビターでスウィートなもの
「こんなに、症候群」
線を引く

第四章　社会の始末

――自由に生きたい。平和に生きたい。
差別は、したくも、されたくもない。
「殺し、殺される」法律など、まっぴらごめん。
だからわたしは、声をあげる。

「借景」で愛する
バトンをつなぐ
変化していく自分とのつき合いかた
看過できないこと
怒りのエネルギー
約束を守る
落とし前をつける
その年になったからこその再会
おとなの責任

若者はおとなを見ている
言葉の力
井上ひさしさんの「むずかしいことをやさしく」
届く言葉を探す
自分に引き寄せる
自主規制はしない
言いたいことを言える幸せ
愚痴は排する
自分で責任がとれる気楽さ
表現することは「強者」にもなりうる
メディアの不自由
メディア・リテラシー
「正しい」という狭さ
敬愛する素敵な「おとな」たち
受け継がれていくもの

第五章　暮らしの始末

――暮らし、というこの愛おしくも懐かしくも、
けれど、時に、うっとうしいもの。
『Good Morning Heartache』でも聴きながら、
暮らしと向き合ってみよう。

空間を取り戻す
片づけ本を読んでも片づけられない
片づけはスイッチが入った時に
シンプルに装う
年に一、二度洋服放出デー
サイズダウン
「元気の元」は減らせない
悩ましい「本」と「手紙」
選びとるための「ふるい」
心の中はシンプルにできない

第六章　「わたし」の始末

——第一章から第五章まで、なんとか辿りつけたとしても……。
最も高いハードルがまだある。

加齢は忌むべきものなのか
アンチ・アンチエイジング
白髪のままで
動きやすさ
あたりまえのことをあたりまえに
庭仕事の楽しみ
深く向かい合う
喜びを分かち合う
一本の木を知ることで人生は変わる
忙しい時こそ手料理を
思い切り料理する
ひとりで食べる幸せ

孤独という果実
最後に孤独でいられる時空を探して
孤独と孤立は違う

あとがきにかえて

第一章　おとなの始末とはなにか

そのうちきっと、と思っているだけでは、
「そのうち」は決してこない。

「おとな」の条件

七〇歳になった。

周囲から見れば、すでに立派に「おとな」というか、高齢者であることは確かだが、そもそも、自分が本当に「おとな」なのかどうか、正直、よくわからない。

おとなであるためには、いったいどんな条件が必要なのだろうか。おとなになるための幾つもの条件があるとしたら、わたしはそれらすべてを充《み》たすことなどできない。

たとえば、とてもよく晴れた五月の朝。前夜に降った雨もあがり、空も大気も風も気持ちよく澄んでいる。木々はそれぞれの緑（緑と言っても様々だ）を身にまとい、春の名残の花々と初夏の花々が、ひとつ空の下で咲いている。

だいたいどんな朝でも未決の事項を抱えているものだが、今朝はそれらも珍しくクリア。そんな朝、わたしの中には、喜びにふるえ、大きく深呼吸する八歳の少女がいる。

一方、ウエルカムとは言い難い、不安や不穏が重なり、未決事項も次々に増える夜。ほとほと疲れた八〇歳のわたしがいる。

少女だった朝と老いた夜の間には、様々な年齢の「わたし」も存在する。同じ一日の中に、少女の「わたし」も、若い女性の「わたし」も、四〇代や五〇代の「わたし」も、八〇歳の「わたし」もいる。そう考えると、いったい「おとな」ってなんだろう、おとなの条件とはなんなのか、とわからなくなる。

ある年齢になったら自動的に「おとな」になるわけではないし、また、どんなに多くの体験を重ねても、それを自分に引き寄せ、引き受けることができなければ、「おとな」とは言えないとも考える。

『おとなの始末』という本書のタイトルを前にして、さてどうしたものか、と頭を抱えるわたしが。まるで、遊びほうけて夏休みの宿題の多くが手つかずのまま、九月を迎えようとしている遠い日の子どものように。

おとなとは、「引き寄せ・引き受ける」ことのできるひとのことなのかもしれない。

さらに、生きていくことに対する、自分なりの答えの出しかた、を知っていることとも言える。

「始末」下手

「始末」は、わたし自身が向き合わなければならない重要課題のひとつであるようだ。

白状してしまうと、わたしは具体的な意味での後始末が下手だ。

料理を作り、器に盛りつけ、タイミングよくテーブルに運び、それをみんなでワイワイガヤガヤ楽しむのは大好きでも、キッチンの流し台に山積みになった器の山を見ると、勘弁してよ、となる。後片づけの段となると、やたらノリのいいオールディーズ（なんとお気楽なポップスが多かったことか！）のＢＧＭがないと、先には進まない。困ったことだ。食器洗浄機は余計な電力を使うことになるので、使わない。それで、ＢＧＭの力を借りて、場合によっては一緒に食事を楽しんだ友人たちに一宿抜きの一飯の恩義を皿洗いで支払ってもらうこともある。

問題は部屋の片づけ。断捨離やら、雑誌の片づけ特集をいくら読んでも、「なるほど」と頷《うなず》くものの、身にはつかない。「開かずの間」は数カ月もそのまま、というていたらく。一念発起して、年末でもないのに大掃除を実行。仕事部屋からはみ出した資料や本を元の場所に戻して、ようやくすっきりした部屋のたたずまいを取り戻し、こうでなくっちゃっ！　と喜んだのも束の間。数日たてば、元の木阿弥《もくあみ》。片づけた状態を恒久的にキープすることができない。

部屋の片づけは、遠慮なしに各部屋のドアを開けてわたしの未整理状態をチェックする、ありがたくも厳しい友人を定期的に招くことで、バタバタと掃除をしないといけない状況に自分を追いこむ。それで、ようやくなんとかなる、といった具合。

従って、それよりはるかに困難と時間とエネルギーを要するであろう人生というものの「始末」に関しては、「そのうち……」と思いながら、手をつけないままで過ぎてしまいそうで怖ろしい。

そう。本書は、わたし自身の喫緊になりつつある宿題を記したものでもある。

「始末」の意味

そんなわたしがどうすれば「始末」ができるのか考えようと思った時、手始めに「始末」を意味する英語の言葉を調べてみた。たとえば、

① clean up　きれいに掃除する
put (set) ___ in order, tidy (up)　整理・整頓する
clear away　(すっかり) 片づける

これらは、わたしが苦手とする「片づける」という意味の「始末」だ。他にも、

② settle　問題を解決する
finish　仕上げる
close　閉じる、終わらせる

などと出てきた。心情的には、「落とし前をつける」という意味を持つ言葉も是非ほしい。「人生の始末」ということでは、次の英語もあてはまるはず。

③　disposition　（財産などの）譲渡、処分、整理

①は今後も格闘するしかないが、現在のわたしに必要なのは、②と③なのかもしれない。特に、③の disposition が気になる。本来は捨てなければいけないものを、自分の握力が弱くなったことに気づかずに、いつまでも握りしめていたりしないか？　なによりこわいのは、欲望にとらわれたままで人生を終えること。それこそ uncontrollable、「始末におえない」状態になってしまうのではないか。

生きかたを見直す

日本語の「始末」という言葉は、これらの意味のおおかたを含むものかもしれない。たやすくできるものではないし、すべてをきれいさっぱり「始末」することは不可能に近いとすでに白旗をあげている。が、可能な限り「始末をしよう」という姿勢だけは忘れずにいたい、と後片づけ下手なわたしは自分に言い聞かせる。

そのためには、「わたしはいままでどう生きてきたか。これからどう生きていきたいか」、

別言するなら、「どんな状態で、どんな最期を迎えたいか」を考えていたい、と思ってきた。そして、考えたひとつひとつを実行に移そう、と。というか、部屋の掃除よりはこちらのほうが多少は得手である。

理由のひとつは、三一歳の時で、クレヨンハウスという社会構造的に声の小さい側に追いやられた「声たち」をテーマにした組織を作ったこと。そして気がつけば、一〇〇名以上のスタッフが共に働いてくれていることが、片づけ下手のわたしの背中を「最期は?」に向けて押し続けてきてくれたのだ。

声の小さい側、構造的に周辺に追いやられた声、Other voicesについては、同じ集英社新書『自分を抱きしめてあげたい日に』で言及しているし、クレヨンハウスの組織、その成り立ちから最近まで(なんと二〇一五年一二月五日で、四〇回目の誕生日を迎えるが)は、『「わたし」は「わたし」になっていく』(東京新聞出版局)に詳しい。

クレヨンハウスにおけるわたしの名刺の肩書は代表取締役社長だが、どうもこの呼称が身につかず、メディア等でも通常は主宰者と紹介していただいてきた。こういった照れもいやらしいと最近は思い始めているのだが、それを敢えて変えるのも面倒だ。

どうもわたしの場合、なにかの選択の基準のひとつは困ったことに、面倒か面倒でないかであるようだ。

とにかく、一〇〇名余りのスタッフのそれぞれの人生のある時間を、わたしはもらっている。

敬愛する詩人、亡くなった石垣りんさんに、『貧しい町』という作品がある。

それは「一日働いて帰ってくる」から始まり、帰ってきた町の惣菜屋の店先には、売れ残った、たぶん油が滲《にじ》むてんぷらなどが棚に残っている情景を描いている。その、「私」の手もとに残っているのは、「疲れた　元気のない時間」「熱のさめたてんぷらのような時間」だけ。そうして、「私」は考えるのだ。

（前略）
それにしても
私の売り渡した
一日のうち最も良い部分、

生きのいい時間、
それらを買って行った昼間の客は
今頃どうしているだろう。
町はすっかり夜である。

（『現代詩手帖特集版　石垣りん』思潮社編集部　思潮社）

労働というものは、どんな職種であろうとも、多かれ少なかれ「一日のうち最も良い部分」「生きのいい時間」を売り渡し、報酬を得ることでもある。クレヨンハウスのスタッフにとっても同じだろう。であるなら、わたしは、彼女たちにどう応えられるのだろうか。そのことが絶えず頭にはある。それゆえわたしは、わたしが「死んだあと」について考えざるを得ない。主宰者としての後始末である。その内容については、後述する。

多くの知人たちはわたしを、明るく、積極的で、時には攻撃的な人間だと思っているようだ。それは一部当たってはいるが、わたしの心の奥底を手繰り寄せてみると、ある種のペシミズム、ある種の終着観、「人はやがては死ぬ」という明確な着地点のようなものが色濃く、それもかなり若い時から存在していた。

三〇代から、うっすらと自分の最期を考える機会を幾つか体験した。それは、わたしがひとりっ子で、母を介護するには自分がどこまで元気で生きられるかが、その後の日々の目を逸《そ》らせないテーマとしてあったからかもしれない。現実の介護が始まったのは、五〇代半ばだったが。

また、前述したように、三一歳で「クレヨンハウス」を始めたことで、スタッフの人生に責任があると意識せざるを得なくなったこととも関係がある。好きではない保険に入ったのも、残されたスタッフが再就職まで困らないようにしたい、というのが理由だ。他にも、三〇代、そして四〇代で友人との早すぎる別れを体験したこともあり、その頃から死はすでに色濃いテーマとして心の中にあった。

自分の最期について思いを巡らす「ある年代」が、このように人生のわりと早い時期に来るひともいるだろうし、定年後やもっと後になってというひともいるだろう。

いずれにせよ、自分が死について意識した時が来たら、そのきっかけをしっかりとつかまえたい。同時にそれは、交友関係も含んだ自分の日常、生きかたというか、生きる姿勢を見直すチャンスでもある。

人生の景色を変える

若ければ、なにか「始末」が必要なことの答えを延ばしたとしても、次の年代で答えが見える場合もあるだろう。年代ですべてをとらえることはできないが、ミドルエイジ以降では、二〇年後、三〇年後の自分がどうなっているかはまったく不明だ。

というか、人生の「始末」は、本来、年齢にかかわらず意識しないといけないものでもあるだろう。ひとはみな生まれた時から死に向かって歩いていくのだから。しかし、青春と呼ばれる季節の中にいる時は、違った意味で死を意識することは少なからずあっても、二八歳で三六歳で、それをリアルに意識することは特別な理由がない限り、容易ではない。

ほとんどの人は、重い病気になったり、事故に遭ったり、高齢者にならないと、「自分がいつかは確実に死ぬ」という意識からは自由だ。それでいいのだと思う。その自由を存分に満喫しよう。

けれども、たとえ自分が望まなくても、三〇代、四〇代で自分自身の「始末」をつけなければならない時が来ないとは限らない。

「始末」とは、生きていくことに対する自分という個の答えの出しかたである。よりよく生きるために開けなくてはならない扉とは、むしろ未知の死へ向かっていく扉とも言える。

過日米国映画『アリスのままで』を観た。ジュリアン・ムーアが主演した作品だ。

コロンビア大学で教授をつとめる五〇歳のアリスは、他大学に招かれて講演中に、突然言葉が出なくなる。かつてなかったことだ。さらに見慣れた街でジョギング中、いったい自分がどこにいるのかわからなくなる瞬間も体験する。受診した結果、アリスは若年性アルツハイマーであることが判明。夫は病についてはプロであるはずの医療関係者であるが、怒りっぽくなったり、不安定になる妻とどう向き合っていいのか途方に暮れるだけ。アリスの中で日々膨らんでいく認知症への恐怖。それは、「自分が自分でなくなっていく」ことへの、言い知れぬ不安でもある。

病状が進行する中で、彼女は自分へのビデオメッセージを残す。たとえば娘の名前などを答えられなくなった時は、このビデオのメッセージを見ること。そこには、その時は、この薬を飲み、自らの人生を絶つ、と自分に指示しているのだが……。

具体的な「死」に限ることはない。社会生活や自分の精神生活に、こうしていやおうなく終止符を打たれる場合もひとにはある。個人的なことだが、わたしには認知症の母と共にあったおよそ七年がある。母にとって「自分であること」の証《あかし》はなんであったかわからない。が、その重要なひとつは言うまでもなく「母であること」であったはずだ。その母から、娘のわたしが「おかあさん」と呼ばれた日のことをわたしは忘れられない。さらに、自分の心にあることを表現する手段のひとつである言葉を、彼女が徐々に失っていった日々のことも。

同じような状況に陥った時、わたしはどうするか。どうしたいのか、ということさえわからなくなったら……。そんな不安もあって、わたしはクレヨンハウスに関するあれこれも含め、自分の最期のために、遺言書を書き、弁護士さんに渡してある。

終わりが来る自分の人生にどんな姿勢で向かうか。その前の下準備である。

人生の最後に自分がどうありたいか、たとえば自分が認知症になり、症状が進行していく時、どのように「その状態に」対処したいか。

万全などない。完璧には到底できない。しかしそれを考えることで、少なくとも人生の景色は大きく変わってくる。

「そういう時が、自分にも来るのだ」という覚悟のようなもの、それが朧《おぼろ》げであっても、その覚悟を通過したうえでの「いま」であるかどうかによって、確実に変わるものはあるだろう。

自分がいま、執着しているものがあるとしたら、それは自分が生きていくうえで大事なものなのか、いったん立ち止まって考えてみる。

「始末」について思いを巡らすのは、自分にとって本当に大切なものを見きわめ、握り直すことでもある。


「より少なく、よりゆっくり、より小さく」


わたしはずっと考えてきた。「より少なく、よりゆっくり、より小さく」と。より「シンプル」に、とも。

これが実際自分の身の丈の人生観として確かに身についたら、本当の意味で豊かに深く（とわたしが考える）日々を送ることができるはずだ。

そうだとわかりながらも、現在、実践できていないのは「よりゆっくり」というところだ。「早く早く」と前のめりになりがちな自分をいかにコントロールしていくか、そして、理想よりやはり多く持ちすぎたものをどう手放していくかということも、もっと意識的に実践していかなくてはならない。

ささやかな美意識めいたものから、「意地汚く生きたくない」というのが、わたしの中のちょっと気恥ずかしくもある気取りめいたものだ。

人間誰しも意地汚い部分を抱えもっている。その方向が、ひとによってそれぞれ違うだけだ。「より少なく、よりゆっくり、より小さく、よりシンプルに」というのも、わたしの、別種の「欲望」とも言える。それでも、ここだけは崩したくない。

自分が自分の欲望に振り回されるのは悲しいと思いつつも、この「欲望」だけは明け渡したくない。

それは、何人かの友人たちの死、そして家族の死の体験から導き出した、現在はまだ明日があるであろうわたしの、自分との約束と言える。

愛するひととの死別はこのうえない喪失だったが、それによって、とても大切なことを学ぶことができた。

たとえどんなに祈っても、どれほど懇願しても、人のいのちにはリミットがある。自分が最後の息をする時、どれほどたくさんのお金や名誉を持っていたとしても意味はない……。親しい人たちの死を通じて、そのことを痛感している。

同時に、肉体的には存在しても、自分の意志を伝えることができない状態になったらどうするのか。その時のための「始末」はいまのうちに決めておきたい。

「旅の荷物」と「人生の荷物」は軽いほうがいい

「より少なく、よりゆっくり、より小さく」の反対は、「より多く、より早く、より大きく」である。戦後から今日《こんにち》にいたるまで、この国が掲げ、多くが望んだモットーとも言える。

敗戦直後、わたしたちは本当にわずかなものだけで暮らしていた。戦争をした結果であるが、その反動のように高度成長が始まってからは、「より早く、より大きく」が価値観の主流となり、「より多く」が経済的豊かさの証明のようになっていった。

世界には小さな袋ひとつだけ担いで、何万キロも逃げなければ生命の保障すらないひとびとが大勢いる。無事に逃げるためには、より多く持とうとすること自体が致命的になる。戦後の日本人の多くは、そうした苛酷《かこく》な状況を体験することなく生きることができた。

この原稿をわたしは二〇一五年八月に書いているが、先頃発表された安倍晋三首相の「七十年談話」には、「繁栄こそ、平和の礎」という言葉があった。個人的にわたしは、「平和こそ、繁栄の礎」と言いかえたいが、この国が経済的繁栄を軸に置いてきたのが現実であり、市民もまた、「より多く、より早く、より大きく」を目指して切ない努力を重ねてきた。

戦争を体験したわたしたちの祖父母や父母がそういったスローガンのもと「もう少しましな日々を」と熱烈に願い、実行したとしても、それを責める気にはならない。けれど、わたしたちの多くは、敗戦直後のあの日々よりはるかに多くを手にしてきたはずだ。そうして現在、わたしたちは新たなる格差社会を迎えている。

「より多く持つもの」と、「より少なくしか持てないもの」の溝が、より広くより深くなっている。国同士の南北問題が、この国の内側でも実際起きているのだ。非正規雇用の問題などは大いに関心のあることだが、それはまた別の機会にまとめてみたい。

バブルが弾けた後も、「より多く」が常態となり、手放すことには慣れていない社会と個人生活がある。

一度手に入れたものを手放すのは、それを手に入れることより難しい。多く持っていればいるほど手放すのが辛《つら》くなる。そして、守るものが多くなればなるほど、精神的にも保守的にならざるを得ない。しかし、いつまでどこまで、「より多く」を望めば気がすむのだろう。ある年代以上になったら、「より多く持ち続ける」ことなど不可能ではないか。

実際、年をとると、記憶力、体力、集中力の衰えは進むし、以前できたことができなくなりつつある自分を意識せずにはいられない。

人間の手の大きさはひとそれぞれだが、なにかを得たら、以前得た他のなにかは指の間からこぼれ落ちていくものではないか。そうだとしたら、自分の掌《てのひら》で握ることができる、本当にかけがえのないものだけをしっかりと握りしめて、その他のものをいかに「始末」するかをこそ考えなければならない。

「人生の荷物」は「旅の荷物」と同じ。軽ければ軽いほど楽になる。

どんなに多くの「荷物」を持っていきたくても、それが手に余るのであれば、文字通り「重荷」でしかない。旅の荷物をできるだけ減らそうとするように、自分の握力がどれくらいなのかを知り自分が持てる「荷物」を選び、余分なものを減らしていく。あとは、実行に移すのみ。

「遺言書」を書く

わたしが自分の人生の「始末」を考えたきっかけのひとつは、三〇年ほど前、ほぼ同世代の女友だちが四〇歳を目前にして亡くなったことだった。

何年にもわたる加療。家族や仲間たちに迎えられての、退院の祝い。復職。再発。再入院。退院。復職。そしてまた……。

「大丈夫よ、また元気で戻ってくるから。無罪放免、待っててね。今度の退院の祝いは、イタリアンがいいかな」

彼女の言葉に、むしろわたしたちが励まされた。女子大の保育科に勤務していた、タフでデリケートで、感激屋の彼女だった。

「お見舞はパジャマにして。寝相が悪いからネグリジェはだめ。看護婦さん（当時は看護師という呼称ではなかった）が夜に何度か見回ってくる時、あられもない姿を見せたくないからね。あられもない姿は彼にだけ」

事実婚のパートナーである彼もいた。

「ね、花を持ってきてくれる時は、それぞれ持ってくるものを相談して。いろんな種類のいろんな花が病室いっぱいにあふれると、落ち着かないから。どの花を観ていいか、わからなくなるもん。目移りは、花に失礼だしね」

「それから、鉢物はお見舞にいけないと言うじゃない？　ねつく（根つくと寝つくをかけて）だと縁起が悪いって。わたし、そういうのって気にしないから。冷暖房は切り花がもたないから、鉢植え、OKよ。種類はわたしのように可憐な花を！」

「パジャマを贈ってくれるのなら、素材はシルクだと嬉《うれ》しい。こんな時は、ちょい贅沢《ぜいたく》言わせて。肌触りが心地いいの。仕事場には木綿を、ベッドには絹のパジャマを、っていいでしょう？　早く退院して、自分のベッドで絵本、読みたいな。静かな夜は、この季節だと、『はなをくんくん』とか」

ルース・クラウスが文を書き、マーク・シーモントが絵を描き、木島始さんが訳されたロングロングセラーの絵本だ。

冬眠から目覚めた森の動物たちが、大きいのも小さいのも、かたつむりさえもみな、いっせいになにかを目指して駆けていく。かたつむりが走るかどうかは別として。それぞれが全速力で駆けて駆けて、そうして……。みんながそっと囲んだものは、一輪の小さな黄色い花。モノクロームの絵の中で、その花だけが優しい黄色で、春の訪れを告げている。原題は確か『THE HAPPY DAY』だった。幸せなその日、という意味だろう。

彼女にとって、絵本の中の「きいろいはな」はなにに当たるか。言うまでもなく、再発を恐れずに、以前のように健康な日々を送ることであるだろう。わたしたちは彼女がその「きいろいはな」を確かに手にすることを心から祈りながらも、不安から解放された日々を彼女に贈ることは不可能だった。

入退院と復職の繰り返しが続き、最後の退院から二年半たった日のことだった。その日、彼女は自宅に戻っていた。商社に勤める彼は、海外に出張していた。数日間家をあけることを躊躇《ちゅうちょ》する彼に、「わたしがそばにいてと言う時はそばにいて。いまはまだ大丈夫だから」と背中を押したのは、彼女自身だった。

その夜は、わたしひとりだけが彼女と一緒にいた。

彼女は当時、死と向き合う過程をひとりで一歩一歩ひそかに、けれど果敢に辿《たど》っていったのだと思う。それ以前の彼女は、時に落ちこんだり、時に投げやりになったり、時に自分の内側にこもったり、攻撃的になったりしたこともあったが、体力の衰えと反比例するように、ここ数カ月間は、精神的には落ち着いてクリアな状態を迎えているように見えた。

「ちょっと重たい告白していいかな」

夕食を終えた後、彼女はそんな風に切り出した。本書のタイトルを借りるなら、まさに彼女自身の「始末」に関する願望についてだった。

淡いブルーの長袖のシルクのパジャマを着て、少年のように見える彼女は、自分の最期について、諸々《もろもろ》の始末について、亡くなった後のことも含めてひとつひとつを言葉にしていった。苦しい加療を重ねる中でようやく辿り着けた、彼女なりの決意と結論を言葉で伝えたのだ。

かけがえのない友人が自分の最期について語り、わたしひとりがそれに耳を傾けている……。その状況は、三〇代後半にいるわたしには、彼女自身がそう宣言したように、とてつもなく重いことだった。それは、彼女の死を認めることであり、受け入れることをも意味していた。

あらゆる言葉を掻《か》き集め、わたしが言えたことは、彼女が言葉にした願い、「始末」について、簡単でいいから彼女自身が文章にすること。できたら弁護士さんなどに文書の保管を依頼し、執行してもらうこと。それが彼女の願いを叶《かな》える最も大事な、欠くことのできない手続きであることを、ぽつりぽつりと彼女に伝えた。その余裕が彼女にはまだ充分にあるように思えた。

死を前提にして、彼女とわたしが率直に話し合ったのは、その夜が初めてであり、そして最後だった。その夜以来、彼女が発病してから、わたしたちの間にあった透明な、けれど分厚い壁のようなものを越えることができたように思う。彼女も、わたしも、そして友人たちの誰もが心の片隅で脅えながら予測し、けれど目を逸らしてきた現実、やがて来るであろう別れを認めたうえで、改めて向かい合うことができるようになった。

それから数カ月後……。彼女はしかし残念ながら、自らの始末について文章にすることなく、最期を迎えてしまった。

「書き終えたら、一緒に弁護士さんに会って」

そうは言っていたのだが。

亡くなった後、わたしは喪失の悲しみを振り切るように、彼女から直接聞いていた希望を郷里から上京したご両親にも彼にも伝えたのだが、あの夜、彼女が語った希望は、文字として残されていなかったために叶えられないものもあった。

彼女の早すぎる晩年と最期に身近で接し、彼女の思いを知っていたわたしは、その事実を受け入れること、そしてそれを仕方がないことだと認めるのに、何年もかかった。いまでも未整理のものもある。


この経験が、「自分にはまだ明日がある」と思っていたわたしに、始末の大切さを教えてくれた、たぶん最初の出来事だった。

自分にとってベストかどうかはわからないけれど、その時点におけるベターな選択を、できたら文書にして残さないといけない。そう教えてくれたのは彼女だった。そして四〇代の終わりにも、また同じような体験をして、それ以来、未完成であろうと遺言を書いておく、というわたしの習慣が始まった。彼女たちから贈られた、それは予習のようなものでも、宿題のようなものでもあった。

遺言書は、弁護士さんと信頼できる友人に預けている。内容は大きく分けると、わたしのほんのわずかな財産をある活動（平和や人権、反差別にかかわる活動）に残すこと。死期を引き延ばすためだけの延命治療は希望しない、という二点。そして、クレヨンハウスのスタッフたちの再就職までの保障などだ。

遺言書のひとつめの中身はほとんど変わっていない。つまり、わたしの財産は増えていないということで、幸か不幸か書き直しの手間は省けている。

一方、年代と共に書き加えてきたふたつめは、いわゆるリビング・ウィル。終末期の医療やケアについての意思表明だ。可能な限り、自然な死を迎えたい、という願いだ。

前述したように、わたしの母は晩年、認知症を患っていた。ひとつの選択を迫られるたび、彼女自身の意思はどうなのだろう、と迷い苦悩した日々があった。胃ろうの施術をはじめ、母自身はそれを望むのだろうか、という疑問が絶えずつきまとった。「これでいいのか」と悩むことが他にもたくさんあった。

認知症などの場合、自分が望まない延命を含めて、治療が行われてしまう可能性がある。家族や周囲の多くはやはり、愛するひとの延命を望むだろう。多くのひとにとって、それは自然な選択であるはずだ。その時、本人の意思を伝える確かなものがなければ、周囲は迷ったり、決断に苦しむことになる。ひとつの決断を下したあと、本当にそれでよかったのか、と苦しみ続ける周囲。その苦しみは、そのひとを見送ったあともずっと続くのだ。だから、わたしが、「これこれこういう状況になったら」と、自分の意思を伝える一文を残しておく。

見送られる側がどんな準備をしたところで、愛するひとを見送った側には様々な悔いが残るものだろう。その悔いをひとつでも少なくしておくことも、見送られる側の、遺されたひとへの最後の贈りものになるのではないか。特に延命治療の選択については周囲を惑わせたくないし、わたしの意思を是非、実行にうつしてほしい。そんな思いが、わたしにリビング・ウィルを「書かせる」のだ。

わたしが遺言書を書くのは、毎年一月一日、いわば新年の「書き初め」だ。一年の初めにそれをやると、とてもすっきりとした気持ちになれて、「さあ、今年一年、元気に生きるぞ」というエネルギーが充ちてくる。元日に書く遺言書は、死を見つめることは積極的に生きることなのだ、ということを実感させてくれる。

軸となるのは最終章の「わたし」

老いや死というものは、時に手に余る大きなテーマなので、ついつい後回しにしがちだ。それでも、定年退職をする、家族の介助や介護が始まる、子どもたちが巣立って住まいを見直すという人生の幾つかの節目などに、考えるきっかけはあるはずだ。

遺言書はひとつの方法だが、そうした機会に、いろいろな「始末」の仕方を考えておくことは、「これからの日々」を生きるうえでも必要なものだ。

わたしには子どもがいないが、たとえいたとしても、その時に軸となるのは、カギカッコ付きの「わたし」。肩書や役職（もともと、関心ないが）、誰々の父母や誰々の親族などというすべてを外して、最後に残った個人としての「わたし」だ。

最後の数年はこういう「わたし」でいたい、あるいは、こういう「わたし」でいたくない、というものを手探りでも見詰め直してみる。そして、どういう状態、方法が、人生の終わりを生きる「わたし」にとって最も望ましい「形」なのか、「空気」なのかを、「始末」の基準にする……。それを書く。

たとえ世間一般でよいとされるものであっても、人生のいわば最終章にある「わたし」が頷けないものであれば、それは「わたし」にとっての「よい始末」にはならない。

わたしが大切にしているのは、「わたしはわたしです」という価値観である。反対に最も苦手なのは「ねばならない」という感覚。生きるということはいやおうなく、たくさんの「ねばならない」に縛られることでもある。最期ぐらい、この「ねばならないたち」から解放されたい、自由にさせてくれ！　である。

「始末」の仕方はひとそれぞれ。あるひとが望むものが他のひとにも当てはまる、ということはないだろうし、正解などない。

たとえば、わたしは「できるだけ持っているものを手放そう」と考えるが、死の直前まで自分の欲望を最大限に充たしたい、というひとがいるかもしれない。そのひとにとっては、それがそのひとらしい生きかたであり、その結果に迎える人生の閉じかたになるのだろうし、他者がどうこう言うことではない。

それぞれが模索し、それぞれの時点で、最も自分にとって望ましい方向を決める。ただ、それだけのことだ。考えが変わったなら、書きかえればいい。

友人のひとりは、誕生日にこれを実行しているという。

「初めて書いた時は、とても気になって、そればっかり考えていた。毎年誕生日ごとに書きかえようと計画しながら、ひと月ごとに書きかえていた頃もあったわ」と彼女は苦笑する。「いまでは、とても気分が落ち着いている」とも。

「自分らしさ」に縛られない

「わたし」というものは、ある年代になって突然できあがるものではない。生きてきたたくさんの昨日たちがあって、いまの「わたし」が「ここ」にいる。

それでも、わたしの内側には未《いま》だ覚醒《かくせい》にいたっていない、「わたし」が知らない「わたし」がいるかもしれない。それが生きていくことのおもしろさだ。

一時期、「わたしらしさ」「自分らしさ」という表現が流行《はや》り、四〇年ぐらい前にわたしもそういうタイトルで本を出したことがあった。「女らしさ」「男らしさ」といった概念や社会や歴史がつくりあげてきた性役割、ジェンダーや性別分業に生きづらさや息苦しさを長い間覚えてきた女たちは、それらに代わる言葉として、「わたしらしさ・自分らしさ」という言葉を発見し、積極的に使うようになった。

その過程は充分に理解できる。わたしも、そういうひとりだったから。男性表現者たちはあまり、「わたしらしい」「自分らしい」という言葉を使わない。当然だ。彼らの多くは人生の始まりの時から、「自分らしい」生きかたを求めることを、社会から許容されてきたし、求められてもきたからだ。

しかし、社会が「男らしさ」や「女らしさ」の罠《わな》に疑問を覚え、「わたしらしさ」が頻繁に活字になるようになった頃、わたしは反対に文章や話し言葉にも、「わたしらしさ・自分らしさ」を使わないようになった。「らしさ」には「ねばならない」に通じる、窮屈さが潜《ひそ》んでいると思えるからだ。「男らしさ」「女らしさ」という概念や意識が、かつて多くのひとの意識を縛ったように、時に「わたしらしさ・自分らしさ」という自分のイメージに、自ら無意識のうちに縛られることもある。

疲れ果てているのに、「いつも元気でいるのがわたしらしいから」と自分を抑えるのでは、それはすでに一種の強迫観念だ。

『自分らしく生きる』という主催者が決めたテーマで、男女共同参画社会についての講演があることがいまでも多くある。主催者の意図に反するようで申し訳ないが、わたしはそこで、「男らしさ」や「女らしさ」に異議を唱えた女たちや少数の男たちが「わたしらしさ・自分らしさ」という概念を発見した歴史は歓迎するが、「わたしらしさ・自分らしさ」もまた、自分という、唯一無二の個を自ら決めつけ、縛るものになり得ると提案することにしている。

ひとつの枠を飛び越えようとして、別の枠の中に飛びこむのはなんだか滑稽《こっけい》でもある。そろそろわたしたちは、「自分らしさ」という枠を飛び越え、はみだしてもいいのではないか。そうすると、違う自分が見えてくるかもしれない。

「わたし」を軸とする「始末」の仕方も、一度決めたら終わりではなく、それが自分のサイズや生活信条に合わなくなった時は、思い切って壊して、また新しいものを作ればいい。作るより壊すことのほうが困難な作業だが、自分でイメージした「自分というもの」「らしさ」に縛られてしまったら、息苦しい旅が延々と続くだけだ。

STAND ALONE

わたし自身は自分の人生の始末をどうつけたいか。

少々軽薄な表現かもしれないが、やはり、「かっこよく」生きていきたい、と願うわたしがいることを否定しない。

なにを「かっこいい」と言うかはひとによって違うが、多少無理をしても「かっこいい自分」をつくっていかないと、どんどん堕ちていってしまうようで不安だ。それはある種のやせ我慢にも似ている。たまーにではあるが、「いまこれをしている自分はかっこいい？」と自分に問いかけてみることがある。だめだな、と思う時もあれば、あ、それイケテルと思う時もある。

あくまでも、自分にとって「かっこいい」かどうかが、基本だ。そして、わたしが考える「かっこいい」は、「媚《こ》びない」「甘えない」「すり寄らない」「ひとを差別しない」ということなどが必須条件になっている。男も女も関係ない。

現実の社会では、ごく自然に甘えられるということも、一種の技能だと思うが、残念ながら、わたしにはこの技能が欠如しているようだ。どうしても「甘える、媚びる、すり寄る＝めんどうくさい」という思いが先に立つ。それで損をしたこともあったかもしれないが、誰かに寄りかからず、人生の荷物はできるだけ自分で背負いたいと思ってきたし、そう実行してきた。

STAND ALONE、スタンド・アローンという言葉がある。ひとり立つ、という意味だ。

一〇〇パーセントひとりで立つことは素敵だし、理想ではあるけれど、どんなにすっくと立っているつもりでも、どこかで誰かに支えられている、というのが本当のところだろう。その曖昧《あいまい》な輪郭を認めながらも、可能な限り自分で立つことが、わたしがわたしである基本。思想も姿勢も、である。自分で立っていないと、他者ともつながれない。

「かっこいい自分」とは

わたしの母は「かっこいい自分」を一生懸命作ろうとしたひとだった、と言えるかもしれない。シングルでわたしを出産し、それからずっと「かっこよく」生きようという姿勢を切ないほど持ち続けたひとでもあった。

母と娘ふたりだけの家庭だったから、共依存風になってもおかしくはなかったが、彼女は決して娘のわたしに寄りかかろうとも、娘を自分の領域に囲いこもうとも、むろん支配しようともしなかった。むしろ意識的に距離をとろうという姿勢は一貫していたし、わたしにも幼い時から「自分で決めなさい、自分の好きなほうを選びなさい」と言い続けてきた記憶がある。そのあとに必ず、「あなたの人生なのだから」という言葉が続いた。

おそらく母の中には、娘との濃い関係を望む自分と、愛情という名のもとに娘を縛りつけたくないという自分との葛藤が絶えずあったのだと思う。だから、彼女がそうありたいと定めた娘との距離を、愛という名のもとに縮めることに意識的にブレーキをかけてきたのに違いない。

彼女の母、わたしにとって祖母にあたる人は、どちらかというと過干渉なタイプだった。そうならざるを得ない個人的、社会的事情もあったといまにしてわかるが、もしかしたら母はそれに息苦しさを覚えて、「自分はそうはならない」と学んだのかもしれない。

生前母は、クレヨンハウスを一度も訪れることはなかった。何度か誘ったのだが、同じ東京の、それも車で二五分もあれば到着という場所で暮らしていても、決して訪れようとはしなかった。理由は、「それは、あなたのやっていることだから」「わたしには関係がない」と。そりゃ、あまりにストイックすぎはしないか？　と思ったこともある。

「あなたの母親だということで、スタッフのひとたちが緊張して、他のお客様へのサービスがおろそかになってしまうのは嫌だから」とも、母は言っていた。

本当は、「行って見てみたい」という気持ちもあったはずだ。雑誌などに掲載されたクレヨンハウスの記事に、わたしよりも熱心に目を通していた母でもあるのだから。

それを抑えて距離をとろうとした母である。クレヨンハウスは一例でしかないが、娘との距離を一度縮めてしまうと、なし崩しになってしまう……。それはそのまま自分の生きかたをも崩すことになるのではないか……。そんな不安が彼女の中にあったのではないだろうか。母を見送ってから、そう思い至るようになった。

STAND　ALONEは西部劇やハードボイルドのヒーローたちの専売特許ではない。必死に自分であろうとし、必死に自分の人生を生きようとする、女のテーマでもあったのだ。

ちょっと照れくさいもの言いになるが、わたしはこの母の娘であったことに心から感謝している。同性として「かっこよかったよ」と彼女に伝えると同時に、たまにはもう少し甘えてもらいたかったなあ、と少々無念にも思う。

媚びず、甘えず、すり寄らず、STAND ALONEをテーマに生きたいと書きながらも、ふっと思う。互いに理解し合った間柄では、たまの「甘え」もまた一概に否定すべきものではないかも、と。それをまったく排した人生はまたちょっと寂しかないか？ とも。

母がそうした理由は充分に理解しながら、そうしてその意志を貫いたことも充分に評価しながらも。

それじゃあ、わたしは？ わたしも誰かに、ちょい寂しい思いをさせているかなあ……。

諦《あきら》めも時に大事

「始末しよう」という姿勢を持つことは大切だが、それがストレスになってしまってはいけない。甘えないということが時に、身近な誰かの微《かす》かなストレスにもなるかもしれないように。

天災人災に限らず、人生、思いもよらぬことが起きて、強制的に予期せぬ「始末」の時を迎えなければならない時もある。そうした突然の出来事にも怠りなく万全の準備を整えている、というひとはそんなにはいないだろう。

どんなに踏ん張っても、「始末」ができないまま、その日を迎えてしまうこともある。だからこそ、できる限り「始末」をしておきたい。が、その一方で、「できなかったことはしようがない、死んじゃえば、何を言われようと本人は知らないもんな」という割り切りも、わたしの中には正直ある。

残されたひとに迷惑もかかるし、いろいろとり散らかしたままで人生を終えるのは恥ずかしいが、「死んでしまった自分にはもうどうしようもないじゃないか」と思う、「一カ所の風穴」もキープしておきたい。

明日、わたしは飛行機で東京を離れるが、旅の途中、なにが起きるかは、God knows it。

人生の「始末」をと大上段に構えても、すべてをやりきれないままで終わってしまう可能性は高いかもしれない。人生の「始末」もやるだけやって、できないところがあったら、諦めることもアリではないか？　「その時はその時」と、楽観的でいてもいいじゃん。などと自分を救ってしまう。

だから、だ。やれることはやっておく。それが、わたしの「元日の書き初め」、リビング・ウィルである。

「おとなの始末」はわたしの宿題

冒頭で書いたように、わたしの年齢を考えれば、「始末」はかなり喫緊に近い課題のひとつでもある。「おとなの始末」は、わたし自身に突きつけられた「宿題」であり、これは明日の締切よりも大問題だ。

ひとは、やらなければならない課題があるとわかっていても、提出期限を作っておかないとなかなかとりかかろうとはしないから（少なくともわたしはそうだ）、この本を書くこともまた、「予習」になる。

書いてしまったことはもう後戻りできないのだから実行せざるを得ない、同時に書いたことが身の丈にあわなければ何度でも書き直しをする。しかし、突然の事故などで、その書き直しが間に合わない場合もある、という覚悟は決めておく。それでいいのではないか。「始末」はまた、わたしというひとりの人間についてだけやればすむ、ということではない。仕事の「始末」、人間関係の「始末」、そしていまの社会とどう向かい合い、どう変えていくかという「始末」、これらすべてを考えるのが「おとな」の始末であり、責任だと思う。

「始末」という言葉の意味を見ていく中で、とても簡単にはいかないと改めて痛感しているが、だからといって投げ出すのは、くやしい。

リリアン・ヘルマンの作品ではないが、人生はすべて「未完」だ。そうありたくなくても、多くは未完のままその時を迎える。そうであっても、未完という認識をしっかり握り締めたまま、少しでも未完を減らすにはどうしたらいいのか。未知の明日に進むためにどうすればいいか、この本の中でひとつずつ具体的に考えていきたい。

第二章　仕事の始末

仕事は楽しいか。あるいは苦痛でしかないか。
楽しいと苦痛の様々なグラデーションを往復しているのが、
おおかたの現実というものだろう。

「仕事」以外の「居場所」を作る

外側からの「仕事の始末」は、給与生活者の場合、多くは定年によって直面するものだ。仕事が好きでしようがないひと、あるいはある種のワーカホリックの傾向があるひと（たぶんわたしもこれに当てはまる）にとっては、それはこのうえなく辛いことかもしれない。

特に昨今のように、中小企業はもちろん、大樹と思えた大企業などが業績悪化のために大量のリストラを実行した場合は、想定外の辛さと経済的危機に直面せざるを得ない場合がある。心が痛む。

が、通常の定年は前もって予測できるリミットだ。自ら選んだ早期退職もまた、ここに入れていいだろう。その場合、リミットを見越して、現在抱えている仕事を徐々に「始末」（譲渡でもある）していくことはできるはずだし、気持ちのうえでも準備はしやすいのではないだろうか。

ここで大事なのは、仕事が減ること、仕事がなくなることを、徐々に「仕事からの解放」と自分の中で意識をチェンジできるかどうかである。言葉にするのはたやすいが、これがなかなか難しい。

これまで仕事に打ちこんできたひとほど、自分の仕事が減っていったり、消えることは受け入れがたい。わたし自身が仕事人間的傾向があるから、その気持ちはよくわかる。

仕事は自分という存在を形作る、アイデンティティそのものに近い。それが目減りしていく、なくなっていくのだ。

給与生活者の場合は、自分は会社では必要とされていない存在なのかと、寂しさに打ちひしがれる場合もあれば、こんなにがんばったのにと悔しさを抱くひともいるだろう。それはちょうど、愛したひとに突然（その事前予告はあったのかもしれないが）、別れを切りだされた時に似ているかもしれない。

そんな時はどうするか。まずは、定年となれば、肩書、役職が消えるのはいたしかたない。あなたがそのポジションを獲得したために、前任者がそれを失ったことを思い出してみよう。それは企業が存在する限り、繰り返されることであるのだ。

そして、これからが本題なのだが、次のことを考えよう。

自分がしたいのは仕事なのか、それともいままで仕事が意味してきた、「専念し、熱中できるなにか」であればいいのか、と。

わたしたちが「仕事」と呼んでいるものは、自分が熱くなれて、達成感があり、自己満足もでき、やっていることを誰かに還元できる、それらすべての「象徴」に過ぎない気もする。

「ずっと現役でいたい」は多くのひとが望むことではあるが、現役でいる時のテンションの高さは、いわゆる「仕事」でしか実現できないとは限らない。いままで自分が「仕事」に向けてきた情熱や意欲、能力を発揮できる場は、いままで使ってきた名刺に記された会社名とは違う、別の活動の中でみつけることもできる。そうした自分の居場所は、探してみれば、ボランティアでも社会活動でも、案外、いろいろなところに存在しているはずだ。NPO法人の設立に退職後の多くのひとが意欲的な意味も、このあたりにあるのではないだろうか。

定年後の深まり

二〇一四年に亡くなった作家であり前衛美術家であった赤瀬川原平さんの随筆集『老人

力』（筑摩書房）に次のような記述がある。加齢という変化についてのフレーズだ。

でも、面白いことに、限界がわかってからのほうが、かえって自分のやりたいことができるようになったりするんです。

（中略）

何かできそうな小さなものを一つ見つけてやっていく。すると、その中って、意外に広いんです。外からは狭く見えても、奥は深くて広がっていたりする。

そのことに、やっぱり若いと気がつかないんですね。

「外からは狭く見えても、奥が深く広がった」活動は少なくない。それがなんであるかわからないというひとは、焦ることはない。時間はたっぷりとある。何十年も働き続けてきたのだ。少しの休み時間があってもいいはずだ。急いで、次の椅子をみつけるより、少し時間をかけてみないか。「わたしはいったい、なにをやりたいのか」に。

定年退職してから、絵本を完成させたひとがいる。少年時代から絵が好きだったが、絵では「食べてはいけない」。たまの休みに、会社の仕事に差し支えない範囲で、絵筆をとった。退職後に、同好の士が集まる小さな会に顔をだすようにもなった。

「それはそれで楽しかったです。けれど最初は、慎重でした。本当にここが自分に合う居場所なのか。退職後にできた心の空虚さをただ埋めるだけの場所を探しているのではないか、と。急ぐことはない。時間はたっぷりある。月一の会合には顔をだしながら、少しずつ周囲に馴染《なじ》んでいって」

そうして、退職してから五年半。一冊の絵本を完成させた。

山の花を撮り続けているひともいる。もともと山好きなひとである。彼が撮った朝露をとどめた薄紫のマツムシソウの花は、わたしの仕事机の前の壁にいつもある。花を撮り続けることで、彼は植物、特に高山植物について改めて七〇代で勉強を始め、環境問題をも射程に入れて、いまも活発な活動をしている。

保育士を退職してから、集めた絵本を地域の子どもたちに開放する「とも読みの会」を立ち上げた女性もいる。「読み聞かせ」というと、おとなが子どもに、という図式になりやすい。子どもが他の子どもに、あるいは子どもがお年寄りに本を読んであげたり、互いにただ黙ってそれぞれが本を読むという時空があってもいいのではないか。彼女は自宅の六畳をその「とも読みの会」に使っている。

「書棚があって、それでもはみ出してしまう本は床にも積み上げてあるだけの小さな空間ですが、様々な年代がひとつ部屋で、一緒に、時には銘々勝手に夢中になって本を読む。読んだ後は、熱くなって感想を話し合ったり、誰かが焼いてきてくれたクッキーをみんなでつまんだり。小学生がぽつんと、学校であっているいじめについて打ち明けてくれたり。かつてよく通ってきた高校生が、小さな子どもたちに声をかけて外遊びに連れていってくれたり。お年寄りが（わたしもそうだけど）、お手玉の作りかたを伝授してくれたり。クリスマスシーズンにはみんなで林に行って、木の蔓《つる》をみつけてリースを作ったり……。それぞれの子どもや、かつて子どもであったひとが、本を中心にして出会い、再会し、もうひとつのリビングルームのように使ってくれています」

特に自分を表現することにためらいを覚える子（現実に大勢いる）が、少しずつ少しずつ心を開き、表情を取り戻していく過程に立ち会うことができるのは「最高に嬉しい」と彼女は言う。

「もちろん、こうすればいい、とか、ああしなさいと言える立場ではないし、『とも読みの会』はそんな場でもない。わたしは本がたくさんある場所にいつもいる、おばさんで充分。

『お帰りなさい』と地域の子どもたちを迎え、『お茶飲んでいかない？』とかつて子どもであったひとたちにちょっと声をかける、バンダナおばさん」

バンダナおばさんというのは、彼女がいつも髪をバンダナでまとめているからついたニックネームだ。

名刺の肩書を削除する

仕事に対する執着には、「もっと仕事をしたい」という気持ちとは別に、いま持っているポジションを明け渡したくない、という隠れた意識もあるだろう。

ある空間における椅子の数は、たいてい決まっている。だから、その椅子を獲得するためには、誰かと争奪戦を展開しなければならない。しかし、争奪戦は時にひとを疲労困憊《こんぱい》させる。得ても、失ってもだ。すでにそこにある椅子を自分のものとするために全精力を注ぎこむより、そこにはない、まったく新しい椅子を作るために、そしてそれを自分のものにするために、エネルギーを集中しようと考えるほうがいいのではないか。もっとも世の中には「争奪戦そのものが生きがい」というひともいるだろうから、それはどうぞご自由に、と言うしかないが。

名刺に肩書がたくさんあることが嬉しい、というひとたちは、その感覚から「卒業」することが次のステップへの第一歩であり、楽になることだとは、なかなか考えられないかもしれない。最近では、男性だけでなく女性でも、ポジションに執着するひとが増えたような気もする。男女共同参画社会からの、皮肉な(?)贈りものだろう。

特にわたしの先輩にあたる年代の女性たちは、いまあるポジションを手に入れるために、道なき道をかき分け、かき分け、とてつもなくがんばった日々がある。むしろ、そういった構図こそ問題なのだが、それはそれとして、ひとが一度つかんだものを手放したくなくなる気持ちも、わからないではない。しかし、少々のやせ我慢が伴っても、椅子をきれいに手放したほうがずっと素敵ではないか。誰から見て? むろん自分にとってだ。

そこから卒業してみると、ひとが延々と譲渡し、受け止めてきた椅子など、たいしたものではない、とわかる。そんなものにエネルギーを傾けることはない。人生は自前であるのだから、自分の椅子は、少々がたついていても歪《ゆが》んでいても、「自分で作っちゃおう!」でいこうよ。わたしなら、そうする。そのほうがはるかに気分がいいし、達成感もある。すでにあるものへの執着は、ひとを心理的に追いこむ。向き不向きはあるだろうが、わたしは自分の椅子は自分で作りたい。

植物を通して、親しくなったひとたちがいる。わたしも植物には夢中だが、彼女たち、彼らの、いや、実に詳しいこと。種子蒔《ま》きから始まって双葉の頃、さらに生育期。水やりから肥料(わたしはぼかしを使用)のすきこみかた。殖やしかた、冬の間の手当て等々。わからないことは、彼女たちや彼らに相談する。すると、すぐに返事が戻ってくる。有機肥料を醱酵《はっこう》させた「ぼかし」の作りかたも、本から教わったことよりも彼らに教えてもらったことのほうが多い。

わが家の室内にある鉢植えの幾つかは、彼女たちや彼らのお気に入りからの、挿し芽や挿し木である。

彼ら彼女らは、園芸を通して、自分の居場所、「椅子」を作ってきたひとたちだ。園芸は始めてみるときわめて奥が深い。カレル・チャペックではないが、自分なりの『園芸家12カ月』ノートを作り上げた八〇歳もおられる。

一般的に充分に「功成り名を遂げている」(わたしはそれらにほとんど興味はないが)のに、それでもまだ手を上げ続け、ひとをかき分けて前に行こうというひとが時にはいる。こういうひとを見ると、失礼ながら、心の奥のどこか一ヵ所に無意識な虚しさがあるのではないか、と思うことがある。そうであるから、より多くを求めてしまうのではないか。

どんなに多くの椅子を持っていても、最期の時は手放すしかない。大事なことは、自分が自分に確かな評価をできるかどうか、ということに尽きるのでは?

椅子に座るお尻は、誰もひとつしか持っていないのだから。

過去ではなく、現在

結局、最後に残るのは自分自身だ。会社名を記した名刺が自分の日常から消えても、「元〇〇」に執着するのは心寂しい。現在のそのひとを作り上げたのは、過ぎた日々であってである。

たとえば、誰かと出会った時、知りたいのはいまのそのひと。その前のいわゆる役職やオーソライズされた経歴は、あくまでもいまのそのひとを知るための単にひとつの情報でしかないだろう。

過去は過去。過去を否定したり、修正することはできないが、ひとにはこだわらなければいけない過去と、捨てていい過去がある。「元○○」は、どんどん断裁していい過去ではないか。

役職名など、肩にとまった赤トンボのようなもの。自分がちょっと動いたら、あるいは相手の立ち位置が変わったり新しい風が吹いたら、その瞬間に飛んでいってしまうものだ。執着するほどのものではない。

そもそも「元○○」という肩書にしても、かつての自分にとって、それがすべてだったのだろうか？　そう考えてみよう。

家族から見る自分、誰かの友人としての自分、地域の一員としての自分、社会構成員としての自分、個人としての自分など、「元○○」という仕事の肩書以外の自分がすべて集まって、「自分」という存在を作り上げている。会社などの肩書が消えても、自分という存在は、「いま」も「ここ」に充分すぎるほどあるのだ。自分自身が最期を迎えるまで、それは存在し続ける。

多くを削《そ》ぎ落としていって、最後に残るもの……。それは、自分自身以外のなにものでもない。

見切りをつける

会社での自分、あるいは仕事に生きる自分と離れることに抵抗を感じるのは、自分とのつき合いかたを曖昧にしたまま生きてきてしまった結果なのかもしれない。反省をこめて、そう考える。

会社員の自分や仕事中心の自分は、あくまで自分という人間のワンパートにすぎない。かけがえのないもの（そう考えたいのだ）であっても、ワンパートだ。ところがこのワンパートが肥大化し、その他の自分を潰《つぶ》してしまったら、元も子もなくなってしまう。

そんな風にいまは書いているわたしも、二〇〇〇年に母の介護が始まった時、介護のためには物理的に諦めなければならない仕事がたくさんあるということに、当初悩んだものだ。それまでの仕事量をマックス一〇〇とすれば、介護をしていた間の仕事は五〇から六〇くらいだった。時間的にも体力的にもそれしかできなかった。大切にしていた社会的な活動範囲も縮小した。

仕事を断ることには、当然、葛藤があった。フリーランスとして、「これを断ったら、次の仕事が来なくなるんじゃないか」という、恥ずかしくもあり、けれど当然の不安もあった。

そんな時に限って、いままでやりたいと思っていた仕事の依頼もあった。「この仕事は二度と巡り合えないだろうな」と予想しつつ断ることは、少々辛かった。

そこで、自分にこう宣言するしかなかった。

「本当にわたしがその仕事に適した人間だとしたら、いま断った仕事は、将来、たとえ違う形であっても、いつかまたわたしのところに巡って来るかもしれない。いま断ったために今後ずっと来なくなる仕事もあるだろう。けれどそれは、わたしを必要としていない仕事なんだよ、それをクールに理解しろ！」

正しかったかどうかはわからないが、そう思うことで、わたしはある種の仕事への執着を断ち切ることができた。見切りをつけられるようになったのだ。

そう思えた理由のひとつは、母の介護を悔いなく続けたかったからだ。悔いのない介護などないのだ、とわかったのは彼女を見送ってからのことだが。

さらに執着を断ち切ることができた理由のもうひとつは、クレヨンハウスの存在があったからかもしれない。子どもの本の専門店（とはいうものの年齢制限なし）と女性の本の専門店（とはいうものの、ジェンダーフリー）、小さな出版社の展開、有機食材の店等。特に小さな出版社での幾つかの決断を通して、仕事を依頼する側の経験は役立った。

もし、「どうしても、このひとにこのテーマで絵本を描いてもらいたい」「どうしてもこのひとにこの絵本の翻訳をしていただきたい」というひとがいた場合……。その作家や翻訳者に「一年後ならできる」と言われたら、わたしは待つことができるし、事実待ってきた。逆に、「それだったら、待てないな。他の人に依頼しよう」というケースもある。仕事とは、そういうものである。

誰にでも、「わたしはこの職場で大事な存在なんだ」「この仕事は、わたしだから依頼されたのだ」とひそかに思いたい欲望はある。しかし頭の片隅で、「仕事の大半は、たまたまわたしがそこにいるから依頼されたのだ」「他の誰かがそこにいたら、それはそのひとへの依頼になっていた」という考えも持っておいたほうが、楽ではないか。

これも距離の問題だ。自分と仕事との「距離」と言える。

母の介護をしていたおよそ七年、「断ってもう仕事が来なければ、それはそれでいいや」と割り切らなければ、今日を明日につなぐことすら難しかった。正直、自分の仕事について思い悩む暇もなく、目の前の母が突然高熱を出したり、血圧が変動したり、頻脈になったりすることのほうが、よほど心配だった。それだけせっぱつまっていたからこそ、「えいやっ」と自分の気持ちに鉈《なた》をふるうことができたのかもしれない。仕事中心だったそれまでのわたしが二歩も三歩も時には一〇〇歩も奥にひっこんで、むしろ生活の中心にある介護を支えるために、働いたわたしがいた。要介護五の母であっても、介護を恙《つつが》なく続けるには、のけぞるほどの費用が必要だったが、見切ることも、時には背中を押してくれる。

むろん、軍事費ばかりが増大し、福祉の予算が削られる政治には反対だし、介護を美談とすることで、福祉の不備をごまかすありようには、異議あり！　である。介護の質が、そのひとの貯金の桁数《けた》で決まっていくなど、到底承服できない。

しかし、子どもの教育も介護も、悲しく残酷なことだが、潤沢に使えるものがあるかどうかで、ある部分（あくまでもある部分ではあるが）左右される場合がある。これも見過ごすことはできない社会的な問題だ。

母を見送った後も、わたしのテーマは介護のありかたであり、誰もが等しく充分に、そのひとが望む介護を受けることが可能な社会であった。そのための取材も始めていたが、二〇一一年三月一一日の東日本大震災と、なによりも福島第一原発の過酷事故。そして憲法改悪への急速な政治の流れ（二〇一五年九月に安保関連法案が民意を無視して可決）等が、母を見送った直後に考えたテーマに本格的にとりかかることを遅らせてしまっている。

このあたり、わたしはかなりいい加減で、その時その時、自分が最も取り組みたいものに取り組むしかないと思っている。ひとには一日は二四時間しかないし、介護にしても三・一一以降の問題にしても、両立するにはわたしには手に余るテーマであるから。

自前で暮らす

忘れられないひとがいる。

以前、友人の見舞いに通い続けた総合病院で、何度か言葉を交わした男性だ。彼という存在に刺激を受けて小説を書いたこともあったし、エッセイで書いたこともあるので、重複するところもあるが、改めて彼を紹介したい。

病院というところは、患者にとっても見舞客にとってもやたら待ち時間が多い空間だ。友人を見舞うため、待合室や、天気のいい小春日和などは病院の中庭のベンチなどで面会時間が始まるのを待っていた時、なぜか彼にばったりと会うことが多く、会釈を交わすようになった。会釈はやがて簡単な天気の話やニュースの話題に変わっていった。

当時、わたしは三〇代の半ばを過ぎた頃だったが、男性はたぶん五〇代半ばぐらいの、働き盛りと呼ばれる年代だったと思う。

彼と話すようになったきっかけは、見舞いのためにわたしが手にしていたスプレー咲きのバラの名前を、「それはなんの花ですか?」と訊かれたことだった。

わたしは、たくさんあるバラの種類を訊かれたと思ったが、彼は、なんとそれがバラかどうか自信がないというのだ。

バラだと答えると、「やっぱりバラですか、花には自信がなくて……」

照れ臭そうに苦笑して、彼は「自分は花なんかまったく関係ないところで生きてきたんです」と言った。

仕事関係のひとに花束や花籠を贈る時、会社がよく使う花屋さんに連絡して、「一万円」「二万円」「三万円」というように、価格で花を頼むことしか考えたことがなかったという。花の価格は、それを受け取る人の役職で変動した。そういう企業社会で、彼は仕事をしてきた。それに微かな疑問を覚えた若い時代はあったが、すぐに慣れていった。「そういうものだ」と考えていたし、やがては考えることもなくなり、機械的にそうしていた。それに比例するように、植物も彼から遠ざかっていった。

「しみじみと一輪の花を見たり、一本の樹木を見上げることが、自分の日常から消えていきました」

幼い頃は母親と花の話をしたたし、「チューリップやタンポポの名と姿形も母から教わりました」

学生時代の一時期、登山のクラブに属していた頃も山に咲く花に親しんでいた。しかし就職してからは、

「樹の名も花の名も頭から消えていきました。そんな自分を寂しいと思う余裕もなく、また一瞬思ったとしても、それは青っぽいセンチメンタルだ、と切り捨てる自分がいたんだと思います」

仕事、仕事で生きてきた、と彼は言った。

花など知らなくても生きていけると思ってきた、と彼は苦笑した。確かに花など知らなくとも、ひとは生きていける。

そうして彼は、排出する成分が川に流れたら人体に害がある可能性があると知りつつも、東南アジアのある地域の川沿いに、大きな工場を次々に作るプロジェクトに従事してきた。企業中心の社会で「生息してきた」（と彼は言った）彼にとって、それこそが疑う余地のない自分のミッションだった。

「いろいろなものを切り捨ててきたのだと気づきました」

そしていま、重い病気になった。

何回かの手術を経て、彼が気がついたのは次のようなことだった。

自分がいままで占めてきたポジションは、結局、他のひとにとって代わられるだろう。自分のミッションと思えたものもまた同様だろう。突きつけられたのは、

「自分はもう会社には必要ない存在なのだという現実、です」

「工場の周辺に暮らす住民を苦しめるのは、もうやめにしたい。少なくとも、自分はしたくない」

何度か少し長い彼のヒストリーにおつき合いさせてもらった後、彼は、「会社を辞めよう」と心を決めたと報告してくれた。そこに至るまで多々の葛藤があったに違いないが、その報告をしてくれた時はすでにすっきりとした表情をしておられた。

その日、彼は病院から自宅に戻り、元気であった頃、日々通勤のために通い続けてきた道を歩いて最寄りの駅に向かい、辞表を提出した。

「予想以上にあっさりと受理されました」

彼は確か「もう一度自分になるために」というような表現をした記憶があるが、できた

ら、自分も加担した安全基準を超えた工場設置について告発したい、とも言っていた。

二度目の誕生日

病気によって彼が気づいたことは、他にもあった。

入院した初めの頃は、彼のポジションの重要さを表すかのように、取引先から大きな花や果物の籠が病室に収まりきらず、廊下にまで並ぶほど贈られてきた。

「廊下は公共の場でもあるのですが、病室に入りきらないからといって、贈られた花籠などを処分することはできなかった。贈り主が見舞いに来た時、気を悪くされたら、仕事がやりにくくなる……。それだけが処分できない理由でした。決して、贈り主の心情を考えてのことではありません。贈ってくれたひとがかつてのわたしのように、花に関して価格設定をしていたことはあきらかでしたから」

ある時期を境に、そうした大げさなお見舞いの籠が減りはじめた。そして、しまいにはとんどなくなり、彼の病室は、

「せいせいと、きれいになりました。廊下への占領も終了しました」

代わりに、学生時代の友だちが「うまそうだったから」と持ってきてくれる自分の庭で育てたトマトや、育てた花。花屋さんで調達したにしても、大げさなリボンや立札のない、ささやかな花束が増えていった。忙しい盛りのはずの友人たちが、そうした気取らない、でも心のこもった品物を手に時間をみつけて見舞ってくれる……。それが、どんな豪華な見舞いの品よりも嬉しく、心に響いたと彼は話してくれた。

病気をしたことで、彼は、夫婦のありかたについても考えを変えていった。

以前の彼は、「自立」などと言う女が苦手で、妻が「働きたい」と言っていたのに、海外の赴任先で重要な任務を任される自分をサポートしてほしいからと、半ば強引に仕事を辞めさせた。

その時は、それが当然だと思っていたが、いま、自分が病気になり、これからどうなるかわからないという時、妻が仕事を持っていたら、どんなに気が楽だったろうかと思い直している。

「女の自立が大事だということが、いまよくわかりました。同時に自分も会社から自立していなかったことを思い知らされました」

そんなふうにつぶやいた彼は、さらに「自分は、妻の人生を小さくしてしまったのではないか」と、後悔に苛《さいな》まれる夜があると告白した。

花の名前を忘れてしまうほど会社人間だったその人は、病室に自前の花を持って見舞いに来てくれる友人たちのささやかな、けれどかけがえのない花を通して、

「企業人間になる前の自分を取り戻していっているような気がしています」

妻の経済的自立と、彼の企業社会からの自立。そのふたつが当面のテーマです、とも言っていた。

その後、わたしの友人は退院したので、彼と会うことはなくなったが、きれぎれの短い時間でポツリポツリと彼が語った話は、わたしの中に忘れ難く残っている。

彼の話をひとつのモチーフにして、以前、「薔薇《ばら》のやりかた」(『素敵なヤツなのに』講談社文庫)という短編小説を書いたことがある。彼が書かせてくれた小説だ。

ピラミッド型から平場へ

普段の生活の中では、いままでの自分を問い直すのはなかなか難しい。その意味で、定

年は「会社」以外にも確かに存在する自分を取り戻す絶好のチャンスとも言える。そのことに気づいたひとから、「元〇〇」という肩書にこだわることなく、新しいパスポートを使って、明日に進んでいけるのではないだろうか。そのパスポートは当然、「日本国」に発行してもらうものではなく、「自前」のものである。

過去の役職がほとんど意味を持たなくなっても、それにこだわると躓《つまず》いてしまう。しかし、定年退職をしたひとが、新しくボランティアや地域の活動に参加する時にも躓きは起きやすい。

平場の活動でありながら、他の誰かを支配したがる。採点したり命令したり、等級をつけたがる傾向が残っていたりするからだ。自分は無意識であるのだから、その習性を改めるためには、かなりの意識変革が必要だ。

多くの会社は、トップダウンで物事が決まっていくピラミッド型の組織だ。そのヒエラルキーのもとに何十年とい続ければ、そのままの意識を定年後も残存させてしまうひともいる。あるいは政治家や、医者や弁護士、教師のように、お互いに「先生」と呼び合う世界に慣れきってしまい、いつまでも「先生」から抜け出せないひともある。

ヒエラルキーのもとで生きていれば、そのトップに行きたいという欲望が生まれるのは、ある意味自然なことだ。なんと面倒くさい！　と思うが、そういう欲望があったほうが、いわゆる「出世」をすると聞く。ただし、ボランティアをはじめ、定年後に参加する社会的活動は階級制のもとに存在するのではなく、基本は「平場」だ。

平場のよさは、あるテーマを軸に参加し、それぞれがテーマを守りつつ、自分で責任をとればいい、ということにあるだろう。だから、見ている方向は時にずれることはあっても、立っている高さはみな同じ、が基本だ。

「背負うものも同じ」という平場の関係が心地いいと思えなければ、どんな活動も、充足感とは遠くなる。

責任をとれることだけやる

ただし、平場の関係には危険が潜んでいる場合もある。ボランティアや社会活動でも、なにかトラブルがあった時に誰も責任をとらず、「責任は他者に」と押しつける傾向が、平場であるがゆえに生じやすいのも事実だ。それで亀裂ができ、最後には解散という形をとるしかなくなったグループも少なからずある。

「自分のことだけを背負えばいい」ということは同時に「自分のやったことには責任をとる」ということでもある。その両方のバランスの上に、気持ちのいい「平場の活動」は成立する。

「責任をとる」のは「重たい」「しんどい」と思うひともいるだろう。確かに、もしわたしがクレヨンハウスでの活動に責任をとらなくていい、と言われたら、どんなに精神的に楽だろうとも考える瞬間はある。現実には、ほとんどすべての責任は代表であるわたしのところに来るわけで、それが重くしんどく思える場合もある。逃げ出したくなる時もある。が、自分が責任をとれることをやればいいんだ、と考え直したら、多少楽になる。それは自分の能力以上に広げない、ということだ。

この能力の中には、体力（気力とも重なるが）も当然、入る。

もう必要とされなくなった？

定年を迎えて、あるいは子育てが終わって、「もう自分は必要とされなくなってしまった」と大きな喪失感を抱くひともいる。一時よく言われた空の巣症候群、エンプティー・ネスト症候群である。

そういうひとには、「そんなにひとから必要とされたい？」と問いかけたい。必要とされることは、ある種の充実感をもたらすが、実に重たいことではないか？　そして、多くの場合、他者が必要とするものは、結局、代わりがきくものではないだろうか？　仕事でも人間関係でも同じだ。もっと手近で同種のものがありさえすれば、簡単に代えられてしまう。

特に会社にいた頃の自分と比較すると、「もう必要とされなくなった」という空虚な喪失感はついてまわる。

そうではないのだ。会社や誰かからの必要ではなく、生きていくために、「わたしがわたしを必要」というのが、自分にとってもっとも確かな必要であり、必然でもあるはずだ。自己満足とも言えるかもしれないが、その言葉に抵抗を感じるのであれば、「自らへの頷き感」と考えると言いかえてもいいだろう。自分が自分のためになにができるか、自分が他者や社会に向けてなにができるか、と考えれば納得できる。

もちろん人間関係で、誰かに必要とされている実感は確かに心地よいものだが、「あなた」の人間性そのものが求められているのか、かけがえのないあなた自身が求められているのか。あるいは相手にとって、「便利」だから求められているのかを、一度はチェックしてみることも必要かもしれない。

たとえば、「あなた」は頼まれやすいひとか。頼みやすいから、だから求められているのではないか。わたしも、この見極めがつかず、友人関係で失敗したことが少なからずある。

他者に切実に必要とされることだけをよりどころにするのではなく、自分が豊かになることをやってみる。その結果として誰かが喜んでくれ、それがまた自分の喜びになって返ってくるということもある。そう考えれば、「もう必要とされなくなった」という空疎感からも解放されるのではないか。あなたはあなたに確実に必要とされているのだ！　から。

残る欲望

ここまで「仕事の始末」について書いてきたが、わたし自身、持っている荷物は手放していきたい、ほとんどすべての欲望から解放されたい、と願っている。最後に残る欲望は、「自分がいまやっている仕事を自分で完結したい」というものだ。

わたしの「仕事」は、こうしてものを書く作家としての仕事と、「クレヨンハウス」の仕事が二本の柱になっている。

書く仕事のほうは、自分ひとりでやっていることなので、どんなに「まだ書きたいことがある」と思っても、わたしが死ねばそれで終わりだ。そうでなくとも、他の身体的事情で書けなくなる時もあるだろう。それはそれで仕方がない。

しかし、クレヨンハウスの仕事はそうはいかない。実を言うと、わたしは「みんなで一緒に」ということにはもともと向いていないたちだ。クレヨンハウスは、ある意味、それに矛盾した存在だ。当時、そういったスペースが一、二カ所しかなかったから、それなら自分で作ろうというごくシンプルな理由が、四〇年前にはあった。

「なかったら自分で作ろう」が、男性もシェアできる「女性の本」の専門店ミズ・クレヨンハウスに、赤ちゃんや子どもが口に入れても安全な玩具も揃《そろ》えたい、動物実験をしない、由来もオーガニックな化粧品やオーガニックのグッズも置きたい、さらにはオーガニックコットンのインナーやアウターもほしい、喫茶&レストランの食材をすべてオーガニックにしよう、そのために有機野菜などの食材を揃えた青果店も……と、次第に広がっていった。

現在、クレヨンハウスには東京店と大阪店に一〇〇人以上のスタッフがいる。契約している生産者も少なくない。クレヨンハウスには、その方々に対する責任がある。

自分でやってみて痛感するが、社長というのは本当に大変な仕事だ。もともと、「みんなで一緒に」が苦手なタイプだから、本来しなければならない、スタッフに対する細やかな気配りや教育と呼ばれるものも、充分にできているとは言えない。むしろわたしのほうが、彼女たちから教育されている。

そもそも、書店は、決して儲《もう》かるビジネスではない。一冊の本を販売して、利益は二割。その厳しさを表すのは、クレヨンハウスを始めた一九七六年から二〇一五年までの間に、一万店以上の書店がこの国から消えているという事実があることだ。以前は「著名な方を社長にして専門書店を作りたい」という相談をよく受けたのだが、実態を話すと、決まって「それでは、やめます」。そんな答えが返ってきた。

人生の荷物は少ないほうがいい、という価値観からすれば、クレヨンハウスという重い「荷物」を持ってしまったことは、わたしの大いなる反省とも言える。無謀とも言えるだろう。しかし、クレヨンハウスには、第四章にある社会的活動のひとつとリンクする空間という意味合いもある。

たとえば、クレヨンハウスでは専門家を講師に迎えての反原発を学ぶ教室を開催している。そこで学んだことを中心にした民意の受発信の空間としての役目。刊行している二冊の月刊誌も、未来への責任を問いかけるテーマで編集している。

もしクレヨンハウスをやっていなければ、「書く」という自分の世界に閉じこもりがちのわたしになっていたと思う。もともとその傾向が強いのだから。

本そのものは大好きだが、その大好きを形にするには当然、苦手なことも、「やらなければならない」。そうやっているうちに、それまでになかった自分を自分の内側に発見できたようにも思う。同じ価値観で集まりがちな人間関係に、「ビジネス」という、わたしにとっては本来苦手なそれを招じ入れてくれたのも、クレヨンハウスだ。

なによりも大好きな本を書店として準備し、手渡せる充実感。他の書店では見つからなかった本を立ち読みならず、「座り読み」できる空間の提供。三・一一以降に再開させた、原発についての勉強会や安保法案に関する学習会など。クレヨンハウスは、わたしに必要な「荷物」だった、といまは認識している。

次世代に手渡す

重い「荷物」であると同時に、クレヨンハウスはわたしにとって大いなる喜びでもある。かつて小さな子どもだった男の子が、いまでは父親になって自分の子どもを連れてきてくれる。そんな光景に接する時の喜びは、「子どもの本の専門店」だからこそ味わえる、かけがえのないものだ。

そして、クレヨンハウスはいま、オーガニックの生産者をはじめとする、希望や志を持っている方々の想いを「形」として「表す」具体的なスペースにもなっている。それは本当に嬉しいことだし、いつまでも続けなければ、と思う。けれど、それを体現するのは、わたしでなくてもいいのだ。もしそう望むひとがいて、わたしもそのひとに委ねたいと思うなら。

本当は、一〇年前に次の世代にクレヨンハウスを手渡しているはずだった。未だにできていないのは、まだまだ大変なことが多くて、この荷物はまだ渡せない、まだわたしが背負ったほうがいい、と思うからだ。TPP問題もある。

「まだわたしが背負ったほうがいい」と思う理由のひとつに、反原発をはじめとするわたしの外での活動がクレヨンハウスと重なっているということもある。

たとえば、東日本大震災後の二〇一一年五月から、「原発とエネルギーを学ぶ朝の教室」を月一回開催している。正確にはチェルノブイリの原発事故以降、市民科学者高木仁三郎さんを講師にお招きして始めた学習会だった。それを三・一一以降に再開した。「子どもの本の学校」もその他のイベントや出版の仕事も、ここで終わり、のない仕事だ。

「NO　NUKES」「改憲反対」「LOVE&PEACE」等のポップやチラシは、クレヨンハウスのあちこちに掲げられているメッセージだ。

資本主義の下で企業という経済活動をしながら、原発をはじめ資本主義そのものが持つ闇に向けてささやかながら弓を引く。反対の活動をしていく……。そのバランスをとるのはかなり難しい。「企業」として利益を上げることと、それらの社会的活動が両立するとは限らない。むしろ、二律背反しがちだ。

スタッフを半ば強引に、反原発や反安保法案、反ＴＰＰなどの「意識」に引きずりこんでいるのではないか。それはクレヨンハウスにとって、どんな意味を持っているか。お客様の中には、こういったメッセージをうっとうしいと感じるひともいるだろう。どこでどう折り合いをつけるのか……。この答えはまだ出ていない。少なくとも、わたし自身の覚悟のようなものは決まっているが、それを受け継ぎ、さらに発展させていってくれるひとが果たしているだろうか。それらが、いまのところは次世代に手渡せない大いなる理由だ。

四〇年前、十数坪という小さなスペースで七人ほどのスタッフから始めたクレヨンハウスだが、スタッフと「大変だったけど、一緒にやってよかったな」という実感をシェアしたいと願う。そのためにも、どうすれば早くいい形での、世代交替が可能なのか。その時は、わたしがこの間背負ってきた荷物をせめて半分の重さにして手渡したい。

それが、わたしが現在（というか、かなり前から）持っている、仕事に対する最後の「執着」だと言える。

ひとりになって、やりたいこと

無事にクレヨンハウスという「荷物」を手放したら、「こんなことをやりたい」「あれもやってみたい」という夢はたくさんある。

たとえば、どこか自然の豊かなところに移り住み、捨てられた犬たちを引き取り、畑を作りながら暮らしたい。カリフォルニアのオーガニックのパイオニアであるアリス・ウォータースのように、社会で最も光があたりにくいところに追いやられた結果、ドロップアウトしがちな若者たちとオーガニックの畑を耕し、自ら作ったもので収入を得て、料理を作ることで彼らの成長をサポートすることもまた、そんな夢のひとつだ。また、絶版になってしまってネットにも出にくい、大好きな愛読書を復刻版で刊行することも、是非やってみたい。これはすでに企業としてやっている組織があり、敬意を表するが、わたしがほしい本を復刊させたい。

そのすべてをやるには、残された時間ではとても足りない。どれかを選ばないといけない。その時の基準は、「やがていなくなるのだとしたら、自分はなにを残していきたいか」

ということになる。

やりたいと思ったことでも、すでに他の誰かが行動をし始めているのであれば、そのひとを応援していけばいい。誰もやっていないから、わたしがやる……。

クレヨンハウスを始めた時と同じで、「本当にほしいのに、どこにもないな、自分で作るしかない」というのが、わたしの鉄則。いままでずっとそうだったように、最後までこの鉄則（といったほどのものではないが）に従って、わたしは自分のやることを選んでいくと思う。それが、別の意味での「始末」のつけかただと思うから。

なにをしていると楽しいか

一方で、年をとったからひとつしか選べないというのも、思いこみかもしれない。どうせなら、やれることはやりたいし、思い切って踏み出してみたら、案外、並行してやれてしまう、ということもあるはずだ。

「ひとつしか選べない」という考えの奥には、「いろいろやっても、どうせ成功しない」「やるなら、うまくやらなければ」という守りの意識がどこかにあるように思う。

一度、「いままでの人生で、うまくしようと思って、うまくできたことがあったのか」と自分に問いかけてみよう。そう思い、そう実行した中で、「うまくいったこと」は幾つあっただろう。少なくともわたしにはそんなにたくさんはない。楽しみの種子が苦労の枝葉を茂らせたこともある。

「なにをしたいか」「なにをしていると楽しいか」ということを脇において、「これはうまくできるから」を基準に選ぶのはつまらない。「うまくできないかもしれないけれど、これをやりたいから、これを選んだ」というほうが、わたしには好もしい。

よくひとから「次々に好きなことをやって、うらやましい」と言われることがある。実際のところ、好きなことでも、「うまくできない」ことはたくさんある。しかし、はたから見てどんなに「大変そう」、であっても、自分が好きでやっていることを「大変」とはあまり思わないし、大変だと騒ぐのも恥ずかしい。

「なんの苦労もせずに、すーっとできちゃった」という顔をしていたい。それがわたしのささやかな気取り、だ。

新しい挑戦

たくさんある夢の中にはすでに進行中のものもある。

そのひとつが、ある年代以上を対象とした、おとなのオーガニックコットンの洋服をデザインすること、製品化することだ。やっぱりどこかで仕事と重なってしまうところに苦笑するのだが。

「オーガニックコットンのおとなの服」を考えたのは、〝若い〟と言われる時代はとうに過ぎたわたし自身が着たい服になかなか出会えないことが出発点になっている。

六〇歳以上の人口がこれだけ多い時代でありながら、高齢者向けの音楽が懐かしのメロディー（嫌いじゃない、六〇年代のポップスなど涙がでるほど懐かしい）一辺倒になってしまうのと同じように、高齢者のファッションといえば、妙に地味か、妙にヒラヒラかの両極端が少なくない。それに飽きたらない「ある年代以上」も多いはずなのに、その要望に応えようとはしないファッション業界のありよう、文化にわたしは少々異を唱えたい。ま、わたしという存在の大半は、「異議あり！」で成立しているのだが。

誰もが高級ブランドの服を手に入れることはできない。「いかにも風は恥ずかしい」と思うひともいるだろう。リーズナブルで、ウォッシャブルで、着ていることが過剰の意識とならず、自分のおしゃれ心が満足できる普段使いの洋服がほしい。その普段使いが、ちょっとスカーフやアクセサリーを加えることで、外出着にもなればなお嬉しい。

ということは、原型はこのうえなくシンプルな服で決まりだ。できたら体型を選ばない服がいい。探してみても、ちょうどいいものがどこにもない。もちろん着心地のよさ、肌に優しいことも大事だし、オーガニックコットンを育てているひとが経済的にも安心して畑作りできる基本にもなる服だと一層嬉しい。

「おとな」にこそ伝えたいメッセージ

そんなことから、このうえなくシンプル、かつ着ている自分が気持ちよくなれて、気軽に洗える洋服を作りたい、とずっと願っていた。

たとえば襟の形で言えば、わたしは普通のTシャツのクルーネックを好む。シンプルであればあるほど、対象はある年代以上でも、結果的にどの年代にも合う。また男女の別なく着られるデザインになる。女性服のデザインは、どうしてもウエストを絞ったり、胸のラインを強調するものになりがちだが、そういう曲線をいかになくすかが、わたしの考える「おとな服」のテーマだ。

洋服のデザインはほんの数ミリで印象が大きく変わる。おしゃれかどうか、ということに加えて、着やすさや動きやすさ、風通しがいいか、旅先に持っていってどこまでシワになるか（リネンのシワは好みだが）、など細かいところまで、実際に自分でデザインして、スケッチブックに描く。

それからオーガニックコットンの生地を探す。これはちょっと珍しい花の種子や球根を探す作業に似ているが、すでにクレヨンハウスはそういった製品のメーカーと取引をしている。そこに試作を依頼した。

シンプルということでいえば、無地で、メインカラーは黒か白。と言っても、オーガニックコットンは真っ白ではなく生成りに近い。それに化学薬品で色をつけるのはもったいないし、漂白剤で傷めるようなこともしたくない。では、どうやって白に近づけるか。それをいま、研究中。

また、白は汚れやすいため、敬遠するひとも多い。わたしも、白い服をおろした途端、コーヒーをこぼしたり、トマトソースをつけたりしてしまう。トイレに駆け込んで一生懸命落とそうとしても、もうどうしようもない、という経験を嫌というほど繰り返してきた。それでも好きな服だから、諦めきれずに、前と後ろを逆にして着たりするが、そんな残念な思いをしなくてすむよう、オーガニックコットンの白系の服を、もし汚してしまっても、オーガニックの植物性の染料で染め替えることができる。そんな風に、長く着ることができるような服にしようと考えている。幸い、生地を生産している会社が、植物染めも請け負ってくれそうだ。

気に入ったものを大事に長く愛用するというメッセージも、これらの服を通じて伝えたい。消費の時代は卒業しよう。

一方、これまで気がつくといろいろの節目節目で服を買ってきたわたしたちの年代は、必要なものはかなり持っているはずだ。気に入ったものを、大切に長く使う、というライフスタイルを身につける、それが「おとな」の選択だとわたしは思う。

すべてはつながる

一応、「わたしたちの年代」と言ってはいるが、高齢者向けとは限らない服の予定だ。商品数も可能な限りシンプルに少なくし、プルオーバーにパンツ、シャツ・ブラウスにロングスカート、それに植物染めのスカーフが数色あれば、充分。

そして、「このプロジェクトによって、世の中にオーガニックコットンをもっと広めたい」という願いがむろんある。オーガニックコットンの肌触りのよさ、農薬や化学肥料を使わず環境にも優しく、ということ、アレルギー傾向のひとも着やすいということを、多くのひとに知ってもらうきっかけを作りたい。そんな思いもある。

食べ物でここまでオーガニックと言うのなら、着るものもオーガニックにしよう、と。オーガニックコットンのインナー（わたしも愛用）はいいものが出ているが、アウターとなるとまだマイナーな存在だ。「おとなの洋服」で、そこを変えていきたい。

問題は、生地、素材の値段だ。オーガニックコットンは高いというイメージがある。確かに、現在、オーガニックコットンの服は、量産メーカーのそれより高い。が、なんとかロープライスでと目標をたてている。ただし、生産者に負担を強いるようなやりかたではなく、あくまでフェアトレードで。

オーガニックコットンは日本でも作られているが、海外では発展途上と呼ばれる国々が主な生産国だ。オーガニックコットンの洋服を愛用することで、ほんのわずかでも、そうした国のひとびとの暮らしにプラスになればいいという願いもある。

こうした国々の畑には、長い間続いた紛争の影響で多くの地雷が埋まっていることも珍しくない。だから、オーガニックコットンの畑を作るためには、地雷をなくさないといけない。一着の洋服が、幾つかの地雷をなくすこと、それ以前に、それらと無縁に暮らしているひとびとが地雷の存在に気づくこと、戦争のない社会へのアクションとつながっていくのであれば、こんなに嬉しいことはない。

もちろん、いま流行りのファストファッションを否定はしない。若いひとがファストファッションを選ぶのは当然だし、組み合わせ次第ですごくおもしろいファッションになるから、高齢者がファストファッションを楽しんでもいい。

ただ、自分が食べるものが、おいしくて安全だ、というだけでなく、それを作っている生産者の生活にも寄与できて、環境にもいい影響を与えることができるのならば、そちらを選ぶ。同様に、自分の着る服が社会を少しでもよくする方向にささやかでも後押しができるのなら、わたしはそういうものを身につけたい。

その意味では、これまでやってきたことと、まったく考えかたは変わっていない。だから、わたしにとっては、「オーガニックコットンの服」は新しく増やす「荷物」ではない、と言い切るほど自信はないが、そうでありたいという思いは強い。

このプロジェクトを成功させて、いつか沖縄の基地をオーガニック農産物、畜産物の生産の場に、そしてオーガニックコットンの畑に変えることができたら……。

夢物語で終わるだろうが、それこそ、わたしが手放したくない数少ない欲望であり、敢えての「執着」である。

第三章　人間関係の始末

血縁がすべてか？
「家族」と呼ばれる人間関係で、
「家庭」と呼ばれる空間で、
傷ついているひとはいないか？
友人関係においてもまた。

友人関係・デトックス

「始末」の中で最も難しいのは、人間関係の始末であるに違いない。

家族や親戚、友人、仕事関係、近隣のひとたち等々。好むと好まざるとにかかわらず、多かれ少なかれ、誰もが複雑な人間関係を有している。暮らしていくうちに、人間関係という名の網の目はより複雑に枝葉を広げ、根を張っていく。

それが心地いいものであるなら、枝と根がどれほど広がろうと問題はない。広がった枝葉が気持ちのいい木陰をつくってくれることもある。

そう、チリのフォルクローレ歌手のビオレッタ・パラの言葉ではないが、「人生よ　ありがとう」だ。

人生よ　ありがとう
こんなにたくさんのものをくれて
(『人生よ　ありがとう　十行詩による自伝』水野るり子訳　現代企画室)

しかし、人生がくれた、あるいは自分が手を差し伸べて手にした人間関係の中にも、時を経るに従って維持していくのが苦痛になるものもある。

むろん夫婦も親子も人間関係のひとつだ。共に在ることがどうしようもなく苦痛になった場合は、夫婦なら離婚という選択もある。親子であっても縁を切ることはできる。むしろ厄介なのは、友人関係ではないだろうか。この際、原因がどちらにあろうと、関係ない。友人の場合、夫婦や親子というほど法的にも近距離ではないから、どこかで相手に不満を抱きながらも、「まあ、しようがない」と僅《わず》かな我慢を自分に強いる。そして強いてきた「僅か」が徐々に耐えがたくなって、思い知らされるのだ。このままでいいのか？ と。友人だから、いつでも距離がとれると思ってきたが、思いのほか心理的に距離がとれない関係性を引きずってきた、と。

わたしも友人との関係において、「なにか違う」という違和感を抱き続けたまま、三十数年をそのままで過ごしてしまった経験がある。

人間関係を断ち切るという行為には、ものすごいエネルギーが必要だし、長くつき合っているほど、共に重ねてきたその歴史が邪魔をするケースもある。関係を断ち切ることによって相手がどうかなってしまうのではないかなどと、いろいろな心配をしすぎて、悩むこと自体に疲れ果ててしまう場合だってある。

それで、ま、いいかと、ついつい自分の中の違和感に蓋《ふた》をしてしまいがちだ。あなたにも、こんなことはないだろうか？

相手に傷つけられた時も、「それは違うんじゃない？」と自分の気持ちを相手にきちんと伝えることを怠る。わたしにもあった。次のように考えたからだ。

「男社会の中で自分を押し殺して生きてこなければならなかったから、こういうひとになったんだろうな」

「だから、許容しなければ」。そう思いこんでいた。フェミニズム的対応である。しかし、そのひとがそういうひとになってしまったなんらかの社会的背景があったとしても、それが個人と個人のつき合いにまで影を落とすようになるとしたら、別問題だ。

こちらで勝手に理由をみつけて納得し、でもまた同じようなことをされて傷つく……そんなことが続くと、ある日突然、「やっぱり、もうダメだ」という気持ちを抑えられなくなる。わかった風に受け入れてきた自分にこそ、問題があることにも気づかされるのだ。

「なにか違う」と思った時はそのままにせず、一度、立ち止まらないといけない。そのひとに感じた最初の小さな違和感は、五年たったら、「もう許せない」というぐらい、大きな違和感になってしまう。もし「嫌だな」と感じたら、できるだけ早く相手に伝えたい。告げるのはエネルギーを要することではあるけれど、伝えずにもんもんとするエネルギーよりは、まだ救いがある。

認めよう、わたしにもそれを怠った日々がある。

「自分さえ我慢すれば」からの解放

黙っていてもお互いを察し合うことをよしとする社会に暮らしていると、言葉で気持ちを伝えることに慣れないまま、関係性を続けてしまう場合もある。

しかし通常の友人関係において、「言わなくても、わかるだろう」ということは甘えであり、依存の形ではないだろうか?

互いに自分の都合のよいようにしか解釈しない。そうして、ある日突然、「こんなはずじゃなかった」「わたしはそんなつもりじゃなかった」「わたしはそういう意味で言ったのじゃなかった」のオンパレードに襲撃されるのだ。どこかで目を逸らし、放置しておいた責任は、自分にある。

切り出すには勇気が必要だが、「このままだと、あなたとはつき合いきれない」と、言葉にして言うべきだった。

わたしが違和感を抱きながらも長年の人間関係に終止符を打てなかったのは、「我慢しない自分」になることが怖かっただけだ。結局は自分が傷つく（自分の言葉で傷つくこともある）ことから、自分を救っていただけ。

そんなわたしが、ひとつの人間関係の始末をしよう、という「決心」ができたのは、「人生の最終章に差しかかって、これ以上我慢しているのは苦痛だ」と思えたからだ。同時に彼女が自分自身を変える可能性を、他でもないわたしが奪ってきたのではないか、きっとそうなのだ、という自責の念もあった。

誰からも「いいひと」と思われなくとも

人間関係を断ち切るとなれば、相手にはもちろん、周囲からも「冷たいひとだ」と思われる場合もある。しかし、それを恐れていては、結局、「我慢する自分」をいつまでも変えることはできないし、相手からも変わり得る可能性を奪い続けることになる。それでよければいいが、よくないと思う自分がいれば、自分から変えるしかない。問題は相手側にあるように見えるが、本当は自分の側にあるのだ。

「他人からどう思われようと関係ない」と言っているひとであっても、心の奥底には、「ひとからこう思われたらいやだな」という気持ちは、おそらくあるはず。

けれど、漸《ようや》くわかった。すべてのひとにとっての「いいひと」でなくていいのだ。わたしが「いいひと」でありたいのは、わたしが尊敬し、共感するひとにとってであるのだ。敬意が薄れ、共感が遠のくまで、表面上の親しさを保ってきたのは、わたしの責任である。

全方向、全天候に適応しなくてもいい。

自分がいつも、誰に対しても「いいひと」ではないことは、わたし自身が一番よく知っている。少なくとも、わたしが心から敬意を持っているひとだけは裏切りたくない。それだけで充分だ。その気持ちは、むしろ年と共に強くなっているように思える。

身動きがとれなくなる時

「全方向を見なくてもいい」と言いながらも、時には情で動いてしまい、本質を見誤って、失敗してしまうことも少なくない。「そんなことをしたら、あとで大変だ」ということはわかっているのに、反射的に行動して、予想通り身動きがとれなくなりアップアップすることもあった。が、この年代になると、経験から学んできたこともあって、そういう時の対処の仕方も少しは身についてきた。というか、身動きがとれなくなるようなタイプのひとには近づかなくなったし、意識的に距離をとるようになった。

わたしは、同性に対してこういった人間関係の罠に陥りやすかった。フェミニズムの、とんだ落とし穴とも言えるし、フェミニズムの真意をわたしが自分の都合のいいように解釈していたからかもしれない。

具体的には言えないが、長い間、どうしてそうなるの？　と不思議な女友だちがいた。彼女は、わたしの一日のなにからなにまで把握していないと、納得しなかった。いつ、どこでなんのために誰と会ったのか。そしてどんな印象を受けたかなど、通常の会話の中に、ある種の「報告」を求められていることに気づいたのはかなり前だった。彼女はそれを親しさと考え、ある時から、わたしはそれを束縛としか思えなくなった。傍目《はため》から見るなら、彼女はどちらかというと控えめで消極的なタイプで、わたしから距離をとることは、彼女を不当に悲しませ、追い詰めていくようにも思えた。それでもそうしなければ、という思いが日に日に強くなっていった。

彼女の介入は、さらに激しくなり、わたしは窒息しそうになる。距離を少しとる。しばらくの間は、それが続く。けれど再び気づくと、同じところでぐるぐる回っている「わたしたち」がいた。

過去形で書いているのでおわかりのように、彼女との関係は終わりにした。とても辛かったが、いまは考える。これでよかったのだ、わたしは、もっと早くに彼女に伝えるべきだった、と。

理想の家族などいない

人間関係の中でも、職場のつき合いは、辞めれば終わりにできる。家族は「今日で解散！」というわけにはなかなかいかない。

それゆえに、家族のことで悩むひとは多い。社会は、「家族はよいものだ」「頼れるのは血縁」といった「家族万能主義」に縛られ過ぎてはいないだろうか？　そのアンチテーゼが、長い間必要とされてきた。

何事も答えはひとつではない、と考える。家族そのものが「病」になる場合もあれば、ならない場合もある、ただそれだけのことだ。家族が束縛という負の働きをすることもある一方、家族に支えられたり、元気回復の元になることだってある。ただし、これは血縁に限ることはない。血縁であるがゆえの、厄介さというものもある。どんな家族も光と闇をあわせ持っているし、光に充ちあふれているように見える家族にも、闇はある。

多くの場合、家族は大きな愛に充ちたものだと思いがちだが、愛情が濃ければ濃いほど、なにかのきっかけで、それが強い呪縛に、時には悲しい憎悪に変わることもある。あるいは、その愛情が報われなかったことに対する悔しさにいつまでも苦しむひともいる。受けるべき愛情を受けられなかった、与えるべき愛情を与えられなかった苦悩を長い間抱えこまなければならない場合も。

「家族とはいいものだ」という面だけにとらわれていると、そこから外れた時に辛くなってしまう。

パーフェクトな家族なんて存在しない。家族もまた、他の人間関係同様に、ひとつの人間関係なのだ。光もあれば当然濃い影もある、と認めるところから再スタートしたい。

「結縁の家族」という形

日本社会は、昔から血縁に負うところが大きい。

これからはシングルの高齢者が増えていく。子どももいない、親も亡くなっている、パートナーもいない、兄弟もいない、となったら、血縁の家族には頼れない。特に、血縁中心の社会が根強く残っている中でこの問題をどうするのか、解決の糸口はまだ見えていない。そして介護の問題が。

友人というネットワークがあれば、「それなら、わたしがやるわ」というひとに看てもらえるかもしれない。しかし、それができるのは恵まれたひとだ。

友人もまた関係性が濃くなればなるほど問題が生じる場合もある。さらに友人を作るのが苦手というひとはどうすればいいのか。これからは血縁ではなく、なにか違う形のやわらかな、支え合いのネットワークを作っていくことが急務だと思うが、ここには失敗もあれば、成功例もある。

二十数年前に書いた『偶然の家族』（中公文庫）という小説で、年齢も境遇も違うひとびとが、ゆるやかに「個」としてつながっていく過程を描いたことがある。そんな関係を「血縁の家族」に対して「結縁の家族」とわたしは呼んだ。容易なことではないが、結縁を深めること。あれもこれもと広げるのではなく、結縁のネットワークを温め、育て、時には捨てて、再選択すること。それが大事だ、と。

家族がいようがいまいが、自分を生きることができるのは自分しかいない。だからこそ、なのだ。お互いに分かち合えるものは分かち合い（互いが納得のうえ）、支え合いたい、共感し合いたい。

この本をひとつのきっかけとして、職場のかつての同僚数人で古い家を購入。「結縁の家族」として、定年後に再スタートを切ったという長い手紙をいただいたことがある。

「なかったから、自分たちで作ったのです」

手紙にはそうあった。看護師さんのグループで、ふたりはシングルのまま定年を迎え、あとのふたりは、離婚経験者。定年には間があった。

「それぞれ子どもがいなかったことが、むしろ動きやすかった理由のひとつかもしれません」

現在、そのうちの三人は亡くなっているが、残されたひとりは、

「さらに新しい後輩の仲間を迎えて、わたしは大事にされて、わが家で最期を迎えられそうです」

今年の年賀状に、そう記されている。かつて四人で購入した家は、次の世代に手渡していく手続きも終わった、とある。

前掲の小説には、性的マイノリティのふたりが主役として登場する。同性愛を奇異に見る硬直した「意識」があった時代だったが、若いと呼ばれる年代を過ぎたふたりが、互い

の老いの風景をどう重ね合うか。それはいまでもというか、いまこそ、わたしにとって大事なテーマのひとつだ。

子どもがいなくとも

わたし自身が、家族であろうと友人であろうと、相手に求めるものはほぼ同じ。家族だから、友人だから、同性だから異性だからこうありたい、というのではなく、人間関係だったらこうありたい、というのが基本だ。

母を介護したのは、血縁の母娘だから、と言ってしまえば一番わかりやすいのだが（それは事実だが）、血縁の関係でなくても、もし彼女という存在を充分に知り、彼女がそうすることを許容してくれたなら、わたしは彼女を介護しただろう。

ただし、介護についての経験を他人に伝える時に必ずいつもつけ加えているのは、「介護は血縁だけのテーマではない」ということだ。わたしのささやかな経験が間違った前例になってはいけない、と思ってのことである。

「血縁でなくても、母を介護しただろう」ということの証明になるかどうかはわからないが、母を介護している間、母と前後して倒れた、わたしにとって大切な遠縁の女性の介護も同時並行して自宅でしていた。

彼女は長年、わたしの仕事のスケジュール管理をやってくれていた女性だったが、ひとり暮らしで親も見送っており、シングルだった。事情があって、血縁との往来もなかった。

ある日、母を介護しているわたしの姿を見て、彼女は「やっぱり子どもがいるっていいね」とポツンと言った。わたしは「それは違うと思う」と答えた記憶がある。

その後、彼女が重い病気になり、わたしは母の介護と同時進行で彼女の介護をすることになった。理由は母の時と同じだ。大切なひとを自分が介護したい、という気持ちがあったから。ただ、それだけのことだ。

わたしの部屋を挟むように、一方に彼女が、もう一方に母がいて、ふたりの部屋を往復して介護するという生活が始まり、彼女も母と同じ病院に変えて、どちらが短期入院してもなんとかやっていけるように準備した。

彼女には「こうしたい」「こうしてほしい」という意思がはっきりあったので、入院手続きや手術の同意書もわたしが書くことが可能だった。そうした日々が二年半ぐらい続き、彼女の最期もわたしが看取った。

彼女を母と同じように介護できたか。それは、彼女に訊くしかないが、努力してというよりも、反射的にそうしていた自分がいたのは確かだ。

ふたりの介護が重なる時期があり、心身ともに非常に疲れたのは事実だが、一方で得た介護の知恵を、もう一方で実践するなど学べたことも多々あり、それがきわめて近い血縁の間柄ではなくても、誰かの快適を一生懸命考え、工夫し、そのひとが喜ぶように行動することは、日々の励みにもなることを学ばせてもらった。もちろん、当時は夢中だった。夢中でないと越えられないこともある。

なぜわたしは母を介護したか

子育てや介護がいつも女性の仕事とされることに、わたしはずっと異議があった。そのわたしが母の介護をするということに、「なぜ?」と問いかけたひともいた。

そうしようと選んだ理由は単にただひとつ、「そうしたかったから」だ。わたしのしたいことを止められるひとはいない。

仕事中心の生活を過ごしてきたわたしが、具体的に母と共有できた時間は、それほど長くはなかった。だから、もしいまが母のファイナルステージであるならば、もっと深く、もっと具体的に一緒にいたいと切実に考え、求めたからだ。

一種の刷りこみかもしれないが、母が祖母を在宅で介護していたのを身近で見ていたこともあり、「母の介護は家でしたい」と思っていたし、母自身もそう願っていたと思う。よい施設があることも知っていたし、わたしの体力が限界になるのを恐れて、どこか望ましい施設に、と薦めてくれたひともいた。が、何カ所かそうした施設を見学して実感したのは、いまの日本の社会体制の中では、やはりどうしてもスタッフの数が少ないという事実だった。

母を介護している間にできた介護保険制度は、「家族はもっと手を握ってあげて、現実の技術はプロのヘルパーさんに」という趣旨で作られたはずだが、実際は介護士さんの人数も足りず、とてもそんなふうにはいかない。介護保険は誰かひとり「主婦的存在」が家にいること（多くは娘や「息子の妻」）を想定して、当初作られたものではなかったか。

そうした現実を目の当たりにして、自分が納得できる介護をするために、プロの手も借りながら自宅で母を看よう、と決めた。もちろん、プロだからこそできることはたくさんある。プロにしかできないこともある。一方、家族や近しいもののほうがプロよりわかることもある。たとえ完璧ではなくても、洋服から食べ物、その他、暮らしに直結した様々な細かいことにいたるまで、母の好みを知っているのは彼女とつき合いが長いわたしだし、その分きめ細やかな配慮ができる、と考えた。

およそ七年間の介護で、可能な限り母を看てきた、とは思う。が、後悔がないわけではない。たとえば、母はレビー小体型認知症を患っていたのではないかと、いまは思う。しかし、最初に下された診断はパーキンソン病で、次はアルツハイマー病。それぞれの病名のもとに薬は出され、対応の指導も受けた。そのために間違った対処をしてしまったり、迷ったりすることもたくさんあった。まだ母の病気がわかっていなかった頃、スカートをはこうとして転んだ母に「どうしてつかまらないの、危ないじゃない！」と怒ったことをいまでも悔やんでいる。心配が怒りになるのだ。

共倒れを防ぐために

親子が互いにそれぞれを思い合うがゆえに負担になってしまう。そのために疲れて共倒れになってしまったり、あるいは衝突が起きることもある。それを避けるには、やはりある程度、距離をとることが必要だ。きわめて身近にいながら、精神的に少しだけ距離をとる。決してやさしいことではない。

介護に限らず、子育ても同じだ。狭いマンションの中で母親が子どもと二四時間向かい合っているのが本当に子どもにとって幸せだろうか。母親にとっても、である。

母である女性の「わたしの可能性は本来、もっと違うところにあったはずなのに」という怒りやいらだちが子どもに向かったら、恐ろしい。「あなたのために諦めたものがある」と母に言われた（あるいは感じさせられた）子どももまた、償いのしようもない、苦しさを負うことになる。

わが家の場合、母娘ふたりきりで、ともすれば依存し合う関係になるのを恐れて、母は意識的にわたしと距離をとろうと努力を続けたひとであったことは前述した。だから、わたしは、介護にも少しの距離をとる時空を考えた。途中から介護が始まったもうひとりの彼女とはむしろ距離を縮めた。それでバランスがとれたようだ。また、バランスをとるのに役立ってくれたのが、少し縮小したが、「仕事」という存在だった。

自分が子どもに面倒をみてもらうというのは大きなプレッシャーに違いない。もしわたしに子どもがいたら、自分が母を介護したようにその子がわたしを介護するのを、望まないと思う。

お金で済むものはお金で済ませたほうがいいというのが、わたしが介護される側になった時の、希望だ。それでできない部分だけを家族や親しいものが担う、ということでいいのではないか。介護保険の当初のテーマだった、「手を握って、思い出話をする」時空こそ、介護する側にとっても、される側にとっても必要なのではないか。

わが子でないひとに介護してもらうことに抵抗を感じるひともいるだろうが、わたしにとっては、介護を仕事としてやってもらうほうがはるかに気が楽だ。

結局、自分でみるにしてもプロに頼むとしても、どちらを選んでも、あの時こうだったら、と苦しむ気持ちは残るだろう。見送った後、「もう少しできたんじゃないか」と悔やんだり、「本当は自分でみたかったけれど、いろいろな状況があってできなかった」と後悔したりすることもある。それは、介護がそれほど大変なものなのだ、という証そのもの。

誰もが満足できるような、「これしかない」「これがいい」という答えはない。どちらを選んでも悔やむのなら、それぞれのケースでそれぞれが向かい合い、真剣に「悩む」しかない。

様々な参考書はたくさんあるが、それぞれが「自分たちの場合」を作るしかない。また、他者が懸命につくりあげた介護「わが家の場合」をむやみに批判すべきではない。むしろ「必要な時は声をかけて」という隣人でいたいし、そうなりたいと考える。

夫婦の形に「正解」などない

誰にもあてはまるような「正解」などない、というのは、夫婦という人間関係も同じだ。この場合、事実婚も含めて夫婦と言うが、夫婦にもいろいろな形があり、その関係をどうするかは、試行錯誤を重ねながら、ふたりで探り、決めるしかない。

夫婦について考える時、わたしはシャーロット・ブロンテの『ジェーン・エア』（大久保康雄訳　新潮文庫）という小説を思い出す。

主人公のジェーン・エアは家庭教師としてロチェスター家に雇われ、やがて主《あるじ》のロチェスターに求婚される。が、彼には心を病んだ妻がいることを知り、拒絶する。いろいろあって……。ロチェスターが火事に遭い、多くを失った時に初めて、「彼と共に暮らしていこう」と決意する。

「失った」ひとなら、共に生きていける。同情でも憐れみでもなく、対等に暮らしていける。ジェーン・エアの選択を、わたしは勝手にそう解釈したが、彼女のそれは、世の中の多くのひとの価値観とは反対のものだろう。しかしその選択をしたのは、ジェーン自身。夫婦とはこうあるべきという社会一般の価値観に、ふたりが（あるいは一方が）違和感を持つのなら、自分たちの場合を、創るしかない。ここでも「自前」が決め手となる。

「会話がない」？

もちろん、夫婦の価値観が「同じ」と言っても、実はふたりの考えていることがズレている、ということは多々ある。ただ、それぞれ考えていることが違うままで何十年も過ごす、というのは、ちょっと怠慢じゃないか？　と思える。

できるだけ、話したほうがいい。伝え合ったほうがいい。伝えても直らない癖や習慣もあるだろう。としたら、それをどこまで自分が許容できるか、自分で判断するしかない。

話そうにも話すことがない、と言うひともいる。たとえば、レストランで向かい合って食事をしているのに、ほとんど会話をしていない夫婦がいる。ふと、夢中でしゃべっている若いカップルが目に入って、「ああ、わたしたちも何十年か前はこんな感じだったのに」と愕然《がくぜん》とする。

友人夫婦がこう言っていた。話すことはなくなった自分たちを考えてみた。子どもを迎えてからは、子どものこと。次の子を迎えてからも、子どもの話題には事欠かなかった。けれど、月日は夢のように過ぎさって……。それぞれの子どもが巣立ち、やがてそれぞれの家庭をもった。

「わたしたちを結んでいた会話は、子どもたちのことだった。わたしたちに子どもがいなかったら、ふたりの結婚生活はここまで続いたのだろうか」

そう気づいた時、とてもショックだった、と妻は言う。夫も同じだった。

「それで、ふたりで話し合ったの。もっと、話をしよう、と」

ふたりに共通する趣味があるなら話すことには事欠かないはずだし、ないなら、逆に自分が知らないことを相手から聞くというおもしろさもある。コミュニケーションの方法はいろいろだ。現在の政治や福祉のありかたについても、話題は探すまでもなく、今朝の新聞が伝えてくれる。

確かに、欧米のカップルのように、いつも言葉にして愛情を確認しないといけない、というのもストレスになり得る。いつも饒舌《じょうぜつ》に互いの理解度を測定しつつ、も強迫的だ。だが、なにも話すことがない、というのは、やはり問題。それでどうしてふたりでいられるのだろうか。

話したくない日があってもいい。が、まったく、というのは、そこまで来てしまった過去が問題だとも言える。

話すことは話すけれど、会話の内容は子どもや犬や猫のことばかりで、彼らがいなくなってしまったらなにも話すことがなくなってしまった、というふたりもいる。でも、「今日は寒いね」とか「あの木、なんて名前なんだろうね」といった、なんでもないことでいい。そうやって日常的に言葉を投げかけ合うことで、会話がつながっていき、心が通い合うということもきっとある……。そう思いたいが、無理ですか？

ご飯は誰が作る?

「定年後、夫がずっと家にいて、三食ご飯を作らなきゃならないのが嫌」という不満を聞くことがある。「作らなきゃならない」と思っているほうにも責任がある。「全部自分で作らなきゃいけない」と思うから、面倒くさくなる。そもそも、なぜ「ご飯を作るひと」が決まっているの? 「三食ご飯を作るのが嫌」と言うなら、そこのところから考え直そう。

たとえば最初は週二日、次に三日、そのうち半々に、というように、一緒に作ってもいいし、つれあいにも作ってもらえばいいだけの話だ。「うちの夫は、なんにもできないから」というなら、できるようになるトレーニングの機会をプレゼントしよう。「そんなこと、いまさら」とためらっている間は、ずっと「三食作る」のは「あなた」の役割ということになる。今時、そういうふたりはそんなにいないと思うけれど。

家事の分担できっちり線を引く必要はない。そういうのって、なんかケチくさい。けれど、家庭はふたりで創りあげてきて、これからも創り続けるわけだから、つれあいが家事をやらないほうだとしたら、もっとやりなさい！　だ。そうしているうちに、気がついたら、「もうちょっと、もうちょっと」が半々に、もしかしたら六対四ぐらいになっているかもしれない。

入院するのを機に、夫に食事やその他の家事を、ひとつずつ伝えていった女友だちがいる。

「スケジュール表を作ったのよ。入院前日までの。かなりのスピードでそれを実行していった。妻の入院という崖《がけ》っぷちで、彼も必死に覚えていった。退院して家に戻った時は、彼の家事能力もびっくりするほど、開発されていた」

もともと結婚する前は、ひとり暮らしが長かった彼であったから、上達も早かったのかもしれない。

「結局は、わたしが彼の自立力を奪っていたのかもしれないと思い当たった……」

彼女はそう言う。

家事の基本はお互いの得意分野を担当しながら、役割を分かち合っていくこと。

「夫がいつも家にいるから困る」というのは、彼女が言うように、なにもしない夫をそのままにしてきた「あなた」にも問題がある。

まずは「あなた」が変わらなきゃ、と言うしかない。

料理の好きな男たちは少なくない。料理のうまい男たちもいる。

できないのではなく、大半は「やらない」だけだ。第一、家事全般についてまるでできない夫なんて、不安ではないか?

新聞の投書欄だったかに掲載されていた笑い話がある。妻が風邪を引いて、高熱をだした。

「なにも作らなくていいよ」

夫は「優しくそう言って」会社に行った。

けれど夫が帰宅するまで、「わたしはなにを食べればいいの?」

作ったご飯を食べているだけだと、こういった大いなる勘違いが起きるのだ。

夫婦ってなんだろう

もともと他人だったふたりが人生を共に歩む夫婦という関係は、不思議で味わいのあるものだ。

たとえば、夜遅く帰ってきた夫が「ただいま」もそこそこにテレビの前で寝転んで、スポーツニュースかなにかを観ている。なんだかすごく嫌な気持ちになって、文句のひとつも言おうとその顔を見たら、すごく疲れた顔で居眠りをしていた。その瞬間、「ああ、このひとも疲れてるんだ」と優しい気持ちになれたりする……。それもアリだ。

あるいは、このところなぜか不機嫌な妻が、朝、窓の外を見ていて、ぱっと振り返って、「今日は気持ちいい天気よ」。その時の笑顔が、出会った頃のような柔らかで素敵な表情で、思わず、その笑顔に見とれた。それだけで幸せな気持ちになれる。それもアリ。

夫婦っていいな、おもしろいな、と思うのは、そんな話を聞いた時だ。

高齢者と呼ばれる年齢になるまでずっと相手に我慢してきて、「先が長くない人生、もうこれ以上の我慢はしたくない」と別れを切り出すひともいる。

逆に、ずっと「別れよう」と思っていたのが、相手が病気になり、その介護をする日々の中で、いままで見ることのなかった相手のよさ、感謝をみつけて、「もう一度だけ、わたしたち、始めてみよう」と考え直すひともいる。

パーフェクトな家族がいないのと同様、パーフェクトな夫婦もいない。事実婚も、同性のパートナーも含めて、夫婦という関係に完璧はないと認めることで、見えてくるものがあるように思う。

それでも限界と思ったら……。別れるしかないだろう！　お互いのために。できるだけ早く！

友情、このビターでスウィートなもの

友情とは、ビターでスウィートなものだ。スウィートな側面ばかり求めていても、なし崩しの大甘になってしまうし、胃にもたれる。ビターばかりを見つめていくと、これまたどうしようもなく辛くなってしまう。

すべての人間関係に共通することではあるが、「違い」を認め合うことのできない関係は、ずっと一カ所で、慣れたステップで同じダンスを続けるのと同じだ。最初はいいが、これも疲れる。

相手の変化や成長を認められない。同じ速度を求める。同じ意見でないと寂しい……。

そういうスウィートばかりを求めてしまうと、相手には自分の存在が知らず知らずのうちに重しや鎖となる。互いの変わり得る可能性を認めることは、自分以外の誰かが、相手にとって必要となる可能性もある、から始めなければ。

どうやってビターとスウィートのバランスをとるかはとても難しいし、特にある年代以上になると、大きなテーマだと思う。恋人同士、夫婦の関係こそ最も大事だと思える季節は長くはない。むしろ、夫婦もまた「友情」で結ばれるものだ、と考えてみてはどうだろう。

もう絶版になってしまっているが、スージー・オーバックとルイーズ・アイヘンバウムというセラピストが、女の友情を描いた、その名も『ビター・スイート　女性が友情に出会うとき』（河野貴代美訳　主婦の友社）という本がある。河野貴代美さんは、日本におけるフェミニスト・カウンセリングのパイオニアだが、その中に、女の友情はなんでも同じになりやすい、というようなことが書いてあった。「にもかかわらず」あなたとわたしは違うのだ。その違いをちゃんと見据えていかないといけないし、それでも成り立つのが本当の友情だというようなテーマがある。

その通りで、わたしは「なんでも同じ」というのが苦手だ。わがままだと思うが、息苦しい。女子中学生が友だちとトイレにまで一緒に行きたがるような感じで、「なにもかも同じ」「なにもかも共有」ということでなければ友情が成立しないなんて、幻想でしかない。これは女の友情に限ったことではない。男性同士でも、「思想が同じ」ということによりどころを求めるひとは多い。気持ちはわかるが、これもなんだか息苦しい。

なにもかも同じということは、お互いに相手から学ぶものはなにもない、ということと同じではないだろうか。「ここが違う」という発見が、むしろお互いの存在をおもしろく、深くしてくれるものではないか。

「そうだッ」と頷き合うことだけが、友情ではない。異議ありもまた、権力に対してだけではなく、お互いに向けて必要な場合もあるし、互いの成長には不可欠なものだ。

「こんなに、症候群」

タイトルを目にして、ああ、あれね、と頷くひとも多いだろう。レオ・レオーニの絵本『あおくんときいろちゃん』（藤田圭雄訳　至光社）である。

人間関係を考える時、わたしはたびたびこの絵本を紹介してきたが、一九五〇年代に刊行されたこの絵本に、今回も登場してもらおう。

家族も夫婦も友人も、人間関係には、ある種の共依存的な側面はある。その側面もすべて否定してしまったら、関係はほぼ成立しないだろう。共依存が問題になるのは、それがある限界を超えた時、そして一方に苦痛をもたらした時である。

行き過ぎると、「こんなに、症候群」とも呼ぶべき、ある種の症状になる。勝手な命名だが、「こんなに、症候群」について説明しよう。

「わたしはあなたのことを『こんなに』考えているのだから、わたしに感謝すべき」

「わたしはあなたのために『こんなに』尽くしたのだから、あなたもそれに応えるべき」

「あなたのことを『こんなに』真剣に考えるひとって、わたし以外に誰がいる?」

「こんなに」「こんなに」「こんなに」……。

「あなたのために」と言うけれど、それは自分のために、ではなかったのだろうか。いやな言葉だが「尽くした」と言うなら、「自分」が「そうしたいから、そうしたまでのこと」ではないか。

自分の体感温度と、他のひとのそれは違う。

「こんなに」という中には、体感温度まで自分と同じにしろ、という強要が見え隠れする。問題は、それが友情であり、愛情であると思いこんでいるところにある。

それは愛情でも友情でもない。束縛、強制、抑圧、自己満足、ある種の支配と被支配の関係でしかない。それが愛の名のもとに無意識のうちに成立し、継続しているのだ。想像するだけで、息が詰まる。

夫婦だから友人だからすべて一緒に、というのも違う。お互いの趣味が違うのに、相手が熱中しているそば打ちや陶芸やゴルフにいつもつき合うことはない。

それぞれの世界や楽しみ、そこでの友人関係もあって、でもやっぱりふたりの時空はかけがえがない、というありかたでなければ。

さて、レオ・レオーニの絵本『あおくんときいろちゃん』である。

この絵本を、わたしは、友情についても、恋愛感情についても家族のありようについても、民族同士の向かい合いかたについても、外交についても該当するテーマを含んだ作品だと紹介してきた。ストーリーを簡単に説明しよう。

あおくんときいろちゃんは仲良し。ある日、遊んでいる間にふたりの気持ちが高まって、それぞれの色を混ぜ合わせた「みどり」になる。具体的な意味における「あおくん」と「きいろちゃん」の消滅である。それぞれの家に帰ったあおくんときいろちゃん＝「みどり」は、それぞれの家族から言われる。

「うちの子じゃないよ」

泣きに泣いてふたりともあおの涙ときいろの涙になり、それぞれの涙が「あおくん」と「きいろちゃん」になりました……。そういったストーリーのちぎり絵の絵本である。

あおくんはあお、きいろちゃんはきいろという自分の色があるから、ふたりでつくる「みどりの時空」が輝くのだ。人間関係の、これは基本ではないだろうか。

線を引く

特に、知らず知らずのうちに「おふたり様の世界」にスポッとはまってしまうきらいがある女性同士の関係では、ある程度意識的に距離をとりたい。

わたしには、普段の生活で行き来するシングルの女友だちが何人かいる。家族がいる女友だちもいる。彼女たちとは一緒に家でご飯を食べたり、年に一、二度夜を徹して見逃した映画のＤＶＤを観たり、電話をかけ合って、たあいもない近況報告から現政権への異議などをおしゃべりする関係だ。自宅のスペアキーを預かっているひともいる。

親しい間柄と言えるが、どんなに親しくても、これ以上の介入はちょっとしんどい、という見えない線は、互いの中で引かれている。かつての失敗が教えてくれた線引きだ。

だから、ひとによっては「もう少しあなたのほうに入れてほしい」「もっとこっちに入ってきてくれてもいいのよ」と言われる時もある。しかしそれは、わたしにとっては簡単には変わることのできない線引きでもあるのだ。つき合っていく中でご理解ください、と言うしかない。それがいやなら、わたし以外のひとにそれを求めてください、でもある。

現在の友人たちは、わたしのそういうところを了解してくれているので、「線」を越えて入ってこようとはしないし、彼女たちにもむろん立ち入り禁止領域がある。

たとえば、わたしが熱を出してダウンしている時、「なにか持っていこうか」と声をかけてくれる。でも、「今夜は仕事しないといけないから、ひとに会いたくないんだ、ごめん」と断ることのできる関係だ。

「じゃあ、なにか必要になったら電話して」で終わる。熱を出して、フーフー言いながらパソコンに向かっている時、ドカーンと大きな花束を抱えてピン・ポーンと訪ねてこられたら、それはそれで負担になることを知っている女友だちである。わたしもそうしている。たぶん、彼女たちにも「せっかく言っているのに」という気持ちがないわけではないと思うけれど、前述の「こんなに、症候群」に陥らずに、正直な気持ちを言い合える関係を、わたしたちは努力して作り上げてきた。

そう、努力して、だ。時にギクシャクしたこともある。親しい関係でい続けられるのは、この「努力して」の結果だ。「自然にそうなった」というのは、よほどラッキーな場合でしかないだろう。

「借景」で愛する

年を重ねることで、人間関係における自分のキャパシティはこのぐらいまでかな、という限界が見えるようになってきた。いまのわたしには、もうこれ以上、人間関係を広げていく余裕はない。もともと、わたしは自分からコミュニケーションを積極的にとろうとするタイプではない。それで「あの時、あのひとともう少し親しくしておけばよかった」と後悔することもあるが、そういうわたしの本来の性質が年齢と共に色濃くなってきた。

また、五〇代半ば頃から、それほど深く知りたいと思うひとはだんだん少なくなってきた、というのも事実だ。ちょっと寂しいけれど、「ときめく」ということが減ってきている。同性でも異性でも、である。

といっても、ゼロということでもない。「もっと、このひとのことを知りたい」と思う素敵なひとはいまもいる。以前であれば、その気持ちのまま、照れながらではあるが、そのひととのコミュニケーションを深めようと努力していたかもしれない。事実、そうして出来上がった関係性もある。

しかしいまは、「知りたい」という気持ちの段階でとどめておこうとするわたしがいる。意識的にである。広げようと思えば、キャパシティをもっと広げることも可能かもしれない。しかし、そのひとと本当につき合うとなると、どんどん深みにはまっていって、最後はキャパシティオーバーとなることが想像できる。それだけのエネルギーを持ち続けるのは、いまのわたしには正直もう、しんどい。

最近は、「素敵だな」というひとがいたら、敬意を抱きつつ、いわば「借景」のように遠くから見させていただく、というスタンスをとっている。そのひとのフィールドの端っこにわたしが存在できて、相手もわたしのフィールドのどこかに、けれど確かにいてくれればそれだけで嬉しい。そんな感じである。たとえば、そのひとが書いた本があれば、実際の個人的関係を築いていくよりも、作品を通してそのひとをより深く知る。それで充分満足だ。

充たされていて、空腹感は皆無だ。

バトンをつなぐ

わたしが「借景」として楽しんでいるひとたちと、自分が直接関係を築くのではなく、むしろ年下の世代に「会いにいったら」と薦める場合もある。年下の、主に同性のひとたちの中に「いいな、がんばってるな」と思う仕事をしているひとがいると、わたしの「借景」を紹介したくなる。

わたしが若かった頃、女性が働く場や機会が非常に狭かったり少なかったために、自分が一度作った「人脈」のようなものはひとに手渡さない、とガードする先輩を少なからず見てきた。それを手渡してしまったら、自分が苦労して手にした宝がなくなってしまうのではないか、という不安が彼女たちにはあったからだろう。

「自分はこんなに苦労したのだから、たいした苦労もしていないひとたちに簡単に教えてたまるか」。そんな気持ちもあったのかもしれない。それも理解できるが、そんな彼女たちを見ると、やはり、せつなくて痛い、と思う。

だから、「おとな」と呼ばれる年代になったら、自分が持っているものは可能な限り、下の世代とシェアしていきたいという強い思いをずっと抱いてきた。たとえば、年下の記者やジャーナリストの方々には、わたしが素敵だと思うひとを積極的に紹介する。

「わあ、本当に素敵なひとでした」。会いにいった後輩たちの感想に触れるだけで、嬉しくなる。人間関係を手渡していくことも、おとなの贈りものだと思う。

変化していく自分とのつき合いかた

年をとることで、気力、体力、集中力が衰える、多くのひとに共通する悩みが、わたしにもある。変化していく自分といかにつき合うか、これは時に他人との人間関係以上に大きなテーマだ。

なにが最も難しい人間関係かといえば、自分とのそれほど難しいものはない。

衰えていく自分に気づかず、若い時と同じようにやろうとしても、できるわけはない。わたしも、いまの自分ができる仕事のスピードと歩幅をわきまえずに、仕事を引き受けてしまうことが時にある。けれど実際にとりかかってみたら、以前は一時間で完了できるはずだった分量の原稿に三時間はかかる。すぐに読み通せるはずだった資料を理解するのに、以前より時間がかかる（視力の問題もあるが）。締切日の朝やれば間に合う、と思って始めたら、「新幹線に乗る時間なのに、まだできていない」という羽目におちいる……。前の日にやっておけばいいものを、ちょっと朝早く起きればできるだろう、と甘く考えるのがわたしのダメなところで、いまの自分の能力が、まだ充分につかめていないのだ。

視力も落ちているのも、辛いところ。若い時のようには、細かい字をすっと読めなくなっているし、どんな老眼鏡をかけても、もう追いつかない。そろそろ白内障の手術を、と言われていて、やったほうが絶対楽になる、と周囲にも薦められるが、手術という行為そのものに極端に臆病な性格で、「このまま最期までいきたい」などと思ったりする。

もうひとつの大きな変化は、ものを探す時間の長さ。実に笑ってしまうほどだ。

アメリカの詩人であり、評論家だったマルコム・カウリーが自分の八〇代をユーモラスに綴《つづ》ったエッセイ『八十路から眺めれば』（小笠原豊樹訳　草思社）では、「老いを告げる肉体からのメッセージ一覧」のひとつとして、次の言葉を挙げている。

どこかに置き忘れた物を探す時間のほうが、それを自分で見つけて（というより奥さんに見つけてもらって）から使用する時間よりも長くなったとき

このフレーズも度々他のエッセイなどで紹介してきたが、いままさに切実な体感となって迫ってくる。以前は少しの余裕と笑いをもって、紹介していたのだが、いまは余裕はほとんどない。一日のうちのどれほどを探しものにあてているかを測る、『万歩計』のようなものがあったなら、測ってみたい。いや、測りたくはないか。とにかく、探しものをしている時間が長い。

必要で大事なものに限って、必ずなくす、あるいは、バタバタと探し回ってあるべきでない場所でそれを発見することがしょっちゅうある。

明日出かけるためのチケットや必要なものをバッグのポケットの一番見えやすいところに入れておいたはずなのに、朝起きたら、「ない、ない」。すると、とんでもないところに置いてあったりする。でも、それをそこに置いたのは、他の誰でもない、わたし。それなのに覚えていないのだ。

先日は眠る前に読み返していたアンヌ・フィリップの『母、美しい老いと死』（吉田花子訳　晶文社）の頁の間で、その朝に乗る新幹線の往復チケットが眠っていた。余談ながら、アンヌ・フィリップは三〇代半ばで急逝した俳優、ジェラール・フィリップの妻だったひとだ。彼女も九〇年に亡くなっている。

さて、なくしもの、探しものの話である。

こういうことが起きる、ということは知識として充分に知ってはいた。予想はしていた。実際に自分の身に起きてみると、想定した枠を越える変化が自分に起きている、と痛感させられる。想像はできても、やはり自分が体験しないとわからない。

探している間は、「どうしよう、時間がない」とギャーギャー叫んで怒っているが、みつかったら、「やっぱり、これが年を重ねることだよな、ハハハ」と思わず笑ってしまう。ハハハは決して元気な笑いではない。笑うしかないから、力なく笑っているだけだ。

生きている限り、こういうことはもっと増えていくのだろう。来年のわたしはどうなるか、その時の答えはひとつだけ、つまり「来年のことは来年にならないとわからない」だ。

逃げかもしれないが、沖縄の言葉で言えば、「なんくるないさー」。それは、単に「なんとかなるさ」という意味だけでなく、その向こう側に「懸命に生きて努力していれば、なんとかなる」という意味がある。

衰えていく自分に不安になってもしようがない、やるだけのことをやれば、きっとなんくるないさー。これも逃げか?

第四章　社会の始末

自由に生きたい。平和に生きたい。
差別は、したくも、されたくもない。
「殺し、殺される」法律など、まっぴらごめん。
だからわたしは、声をあげる。

看過できないこと

日比谷野外音楽堂で一部読み上げた、石垣りんさんの『弔詞』という詩がある。ご存じの方も多いだろうが、ここで改めてその一部を紹介する。

弔詞

職場新聞に掲載された一〇五名の
戦没者名簿に寄せて

ここに書かれたひとつの名前から、ひとりの人が立ちあがる。

ああ　あなたでしたね。
あなたも死んだのでしたね。

（中略）

死者の記憶が遠ざかるとき、
同じ速度で、死は私たちに近づく。

（中略）

みんな、ここへ戻って下さい。
どのようにして戦争にまきこまれ、
どのようにして
死なねばならなかったか。
語って
下さい。

戦争の記憶が遠ざかるとき、
戦争がまた
私たちに近づく。
そうでなければ良い。

（後略）

（『現代詩手帖特集版　石垣りん』思潮社編集部　思潮社）

わたしはこの詩に登場する、「母親と抱き合って、ドブの中で死んでいた」海老原寿美子さんに会ったことはむろんない。「西脇さん」や「水町さん」も知らない。けれど石垣りんさんの詩を通して、わたしは海老原さん、西脇さん、水町さんという「ひとりのいのちある存在」を知ってしまった。『弔詞』には登場しない、戦争にいのちを奪われた三〇〇万人を、広島に長崎に原爆が投下されることも知らず、工場で働くひとびとや生徒たちを知ってしまった。「にんげんをかえせ」という峠三吉の詩もまた。

原爆投下の後、血の匂いと死臭と汗くさいひといきれの匂いが混在する、古いビルの地下室。若い女の声が響く。「赤ん坊が生まれる」。どうすればいいのか。避難した人々は自分の痛みを忘れ、考える。マッチ一本すらない、この地下室でどうすればいいのか……。その時、ひとつの声が暗い地下室に響く。

「私が生ませましょう」

重傷を負い、いまのいままでうめいていた女性の声だった。

こうして、「あかつきを待たず」ひとつの生命が広島に生まれ、ひとつの生命が死んでいった……という栗原貞子さんの『生ましめんかな』も知ってしまった。

チェルノブイリの、あどけない子どもの目も、虚《うつ》ろな少女の瞳《ひとみ》も、知ってしまった。

「年寄りは足手まといになるだけです　わたしはお墓に避難します」

そう書いて、自らの生命を断った（断つしかなかった）福島の九〇代の女性の無念さも知ってしまった。

先の戦争。遠い子どもの日々。発熱すると野良仕事を中断してきた母親が額に手を当ててくれた。その手にしみついた、かすかな肥えの匂いをうたって戦死した一〇代の少年も知ってしまった。信州の無言館にのこしていった絵を展示された若者たちの存在も知ってしまった。

安保法案に反対しているのは「自分が戦争に行きたくないからじゃん」と抗議行動を続けるSEALDsの若者たちを揶揄《やゆ》し、貶《おとし》めた三六歳の議員。メディアを懲らしめるには広告の出広をさせないこと、と公言した政治家。沖縄の二紙（わたしの愛読紙だが）、『琉球新報』と『沖縄タイムス』を「潰してしまえ」と言ったひと。

そして終戦の日の前日、八月一四日の首相の「七十年談話」。四つのキーワードは押さえたものの、それらは過去の歴代首相の言葉として紹介され、「自分」という主語が見えない虚ろさ……。

蟷螂《とうろう》の斧《おの》であることは承知のうえ。これらを看過することは、わたしにはとうていできない。

怒りのエネルギー

第一章で、「おとな」とは、ある年齢になったら自動的になれるものではない、と反省もこめて書いたが、自分が生きている社会に対する責任から逃げないということも、「おとな」の条件のひとつではないだろうか。

反原発や戦争法制への反対など、わたしはいわゆる社会活動と呼ばれる活動に携わってきた。三・一一以降、その活動のスケジュールはよりタイトになり、講演やデモで全国を飛び回る毎日が続いている。だって、わたしたちがつくってしまったのだから、この社会は！　文句があるなら、自分に言え！　と自身に言い聞かせている。

前掲したようにチェルノブイリの原発事故以来（正確にはスリーマイル島のそれ以来）、原発に反対はしてきたけれど、声は届かなかった。わたしの努力も欠如していた。

しばしば、「なぜ、それだけいろいろなことに情熱を傾けられるのですか？」と聞かれることがあるが、わたしが走り続ける原動力、それは「怒り」だ。そして、その怒りの根っこはひとつであり、「いろいろなこと」ではない。ひとのいのち（どの国であっても、どの社会でも）を軽視し、人権を侵害するものやことに対する憤りである。

これまで、わたしは「権力者が言うことは信じない」と思って生きてきた。戦前はもちろん、戦後七〇年を迎えるまで、権力が市民のいのちを第一にしたことなど一度たりともなかったと思う。その憤りは収まるどころか、募る一方だ。

原発、安保法制、改憲、特定秘密保護法、TPP、沖縄の基地、福祉、いじめ……いまという時代は、怒り心頭の声を発せずにはいられないことばかりではあるが、それは「いま」に始まったことではない。そうして、それらの根っこを放置してきた責任は、わたしたちにもある。

民主主義と言いながら、立憲主義と言いながらも、わたしたちはどこかで他人任せにしてこなかったろうか。それらの反省、自分への怒りも原動力だ。

異議申立てをするのはわたしにとっては特別なことではなく、むしろ「より小さく、より弱い」声をもっと真ん中にと思ってきた自分の中にある反射神経が、そうさせていると も言える。七〇代になれば、「あの時、こうすればよかった」と後悔する余裕はさほど残されていない。

わたしの背中を押してくれるのは、わたしと同じように小さく弱い存在を押しつぶしていく社会に対する「怒り」なのだ。

むろん「許すこと」も暮らしていくうえでは大事だ。しかし、「決して許せないこと」もある。わたしの活動の根本には、その「許さない」「許せない」がある。同じ思いを有するひとと共に抗議行動をすることは、そういった行動を控えることよりも、わたしにとっては疲れないことである。

約束を守る

「あの時、こうすればよかった」という後悔を、わたしは何度も繰り返してきた。まだ、母が生きていた時は、「わたしの行動で母に迷惑がかかったら」「もし、わたしが死んだら母が困る」というためらいが、気持ちのどこかにあったのも確かだ。しかし、母を見送り、「もう、いつ死んでも、ま、いっか」と思えるいま、集会や講演、デモには可能な限り参加し、声をあげている。

正直、三・一一以降の自分を「いままで、よくもったな」と思う。「いつも元気」と周囲から言われるわたしにも身体の衰えはあり、体力的なしんどさがないわけではない。自覚できる症状もないとは言えない。しかし七〇になったら、多かれ少なかれ、みんなそんな日々を暮らしている。

身体が大事なことはわかっている。無理をして倒れ、他に迷惑をかけ、強引に予定変更をせざるを得なくなって誰かの手を煩わせ、その後はずっと活動から遠ざかる……。そんな事態は避けなければならない。それでも「約束したものは守らないと」、と参加する。誰かのため、ではなく、自分のために、だ。

「もういい年なのだから、もう少しやることを減らしたら」と言われることもある。介護が続いた頃、わたしは様々な抗議活動の幾つかを休ませてもらっていた。予定がまったく立たなかったからだ。当時、共に動けなかったことへの後ろめたさもある。ここでバランスをとりたいという思いもある。先輩たちが年を重ね、無理のできない状況にある時、非力ながらそのかけらでも背負いたい。

いまのわたしにとって、社会的活動のフィールドは増やさなければならないもので、その分、他のなにかを減らすといった、自分なりのその時その時の「拡張工事」と「縮小工事」を、わたしはこれからも続けていくだろう。

縮小したのは、たとえば、わが快楽のひとつ、惰眠。睡眠時間はあきらかに減っている。

休息もまた。また、クレヨンハウスに居る時間も以前より短くなっている。

それでも、わたしは拡張と縮小を続けていくだろう。これも、自分のためだ。それが未来の子どもたち、すでに誕生している子どもはむろん、誕生前の生命に対する、おとなのささやかな責任のとりかたではないか。そう思うからだ。

落とし前をつける

「始末におえない」を英語で表すと uncontrollable になると知って、真っ先に思い出したのは原発だ。そして、わたしたちが「始末をつけない」まま今日まできてしまったのは、日本という国の歴史そのものだとも思う。原発も、この国の歴史も、真正面から見据え、こだわらざるを得ない「過去」がある。

わたしの中にもまた、これらのことに「始末」をつけないままできてしまった、という悔いがある。六〇年安保の時は一五歳で、デモに参加したくても、ラジオでニュースを聞くのが精一杯。七〇年安保の時は、自分がラジオ局に勤務していて、取材する側にいた。その時のわたしは、たとえデモを弾圧する側にはいなかったとしても、テーマからそれたエンターテインメント番組を流すことによって、ほんの僅かでも、ひとびとの関心を核心から逸らすことに手を貸していたのかもしれない。

原発についても、チェルノブイリの事故からしばらくたつと、次から次へと出現する他の問題に重点を移し、反原発の運動を当初のように持続させることができなかったわたしがいる。メディアが報道を減らしていく流れに、受け手のひとりとして無意識のうちに乗ってしまったところもあるかもしれない。そして、福島第一原発の過酷事故。今度こそ、そんな自分自身への「落とし前をつけたい」と決意したことが、「さようなら原発1000万人アクション」の呼びかけ人に加わった理由だ。

一九四五年、敗戦の年にわたしは生まれた。多くのほぼ同世代のひとととは、この国の戦後の歴史を見てきたという体験と同時に、いままで自分たちは権力に対峙《たいじ》して一度も「勝てなかった」という無念さも共有している。同様に、その「落とし前をつけたい」と、デモや集会に参加している同世代も多い。

それぞれの違いを超えて、違いは違いのまま切り捨てたり省略することなく、柔らかく（あまりタイトではなく。タイトな状態は苦しい）つながっていきたい。心からそう思う。

さらに、運動のありかたも少しでも変えていきたいという願望もある。

ニューカマーがいつでもどこでも入ることができる運動。遅れてきたひとが後ろめたさを感じずにすむ運動へと。論理と感情どちらかに偏ることなく、二輪草のようにふたつの花をつける、運動に。集会の控室。お茶の準備をするのがいつも女性ではない、運動に。個人参加のひとが後ずさりしないで済む、運動に。

どこまでやれるかはわからない。が、やってみなきゃ、やれるかどうかはわからないじゃないか！　と自分で自分の背中を押している。

その年になったからこその再会

デモや集会に来るひとたちを見ていると、最近は若いひとたちも目立つが（大歓迎！）、ベースは五〇代以上。「かつてデモをしました」という方も大勢いるし、「福島の事故以来、いまの社会はおかしいと気がつきながら、どこかで諦めていたわたしがいました」とおっしゃる方もいる。

この七月の安保法案に反対する集会とデモで、何十年ぶりかで大学時代の友人に声をかけられた。学生時代はデモなど絶対来ないというひとだった。手をふる彼の姿を見つけて、最初は誰だかわからなかった。差し出されたのど飴《あめ》を受け取って、

「えー、Mさん」

「そう」

「久しぶり」

「ほんと、久しぶり」

「嬉しいな」

わたしたちは固く握手した。そんな「再会の時」も抗議行動からの贈りものだ。

彼だけではない。たとえば、わたしがラジオ局に勤めていた時にディレクターだった女性は、定年退職した現在、クレヨンハウスの「原発とエネルギーを学ぶ朝の教室」にほぼ毎回参加し、聞いた話を自分のまわりにいるひとびとにシェアするために、自分でも学習会を立ち上げた。

会社の重要なポジションにいる男性たちは、現役の間、わたしたちの主張に耳を傾けることはほとんどできないかもしれない。しかしリタイアしてからは「そうだよな」と頷い

てくれることが増えてくる。ずっと会社だけ見てきたひとが組織を離れた時、いままでとは違う「景色」が生まれるのだ。あるいは、眠らせていたものが甦る、という感覚かもしれない。

ある木曜日の二二時三〇分だった。あと三〇分でクレヨンハウスのオーガニック食堂は閉店する。

東京駅に戻って、さて夕食どうしよう。家に戻っていまから遅い夕食の支度をするのは面倒だった。

クレヨンハウスに電話をすると、「まだ少しお客様がおられるので、閉店時間を少しだけ延長しています。食事、間に合いますよ」というスタッフのありがたい声。急ぎ、ギリギリセーフで到着。

奥の席に、三人の若者が談笑していた。もっともわたしからすれば、会うひとのほとんどすべてが若者、わたしより年下だが。清潔で感じのいい雰囲気の彼らだった。

その中のひとりが声をかけてくれた。毎週木曜日の夕方から始まるSEALDs中心の抗議行動に参加した帰り道だという。それぞれ三〇代で、大学に勤務している。

「うちの学生たちも参加しているので、ちょっと心配で。学生たちの思いは理解できます。ぼくたちも同じ思いですから。だから木曜夜は、都合がつく限り、ぼくたちも抗議行動に参加しています」

帰る方向はそれぞれ別だが、「どうせ食事をするなら、思いを同じくするクレヨンハウスでと決めて……」と、立ち寄ってくれたのだと思う。

「今度会ったら、ご馳走《ちそう》するね」

息子ほどの年代の彼らの存在に、励まされた夜だった。

おとなの責任

残念ながら、わたしたちが生きている間、原発などの問題に「落とし前」をつけることはできないかもしれない。

この夏も猛暑だったが、原発がひとつも稼働しない夏を乗り越えることができたはずだ。しかし、鹿児島川内《せんだい》原発一号機の再稼働。次はどこを再稼働させるつもりなのか。そうして、次に事故が起きるのは？　と不吉な予感に躓くと、眠れなくなる。まずは即刻廃炉だろうが。しかし廃炉という「落とし前」をたとえつけたとしても、いまある問題がすべて解決するわけではない。たまりにたまった「核のゴミ」はどうする？　除染は移染でしかないと言われるが、いまもって家に帰ることのできない福島の住民は今後どうしたらいいのか。『帰るコール』の「進軍ラッパ」を高々と鳴らし続ける国と、多くの自治体。その間に、関連死（悲しく残酷過ぎる呼称だが）と呼ばれる状態で、特に高齢者が亡くなっていく。

反対をどんなに唱えても、相手は非常に強大で、象に蟻《あり》が立ち向かっているような虚しさも確かにあるにはある。

治安維持法の時代に、反戦をテーマにした川柳を読み続け、二九歳で亡くなった鶴彬《つるあきら》の川柳を思い出す。

跳ねさせておいて鱗を削ぐ手際
玉の井の模範女工のなれの果て
蟻食ひを噛み殺したまゝ死んだ蟻

どうせいつかは死ぬなら、蟻喰いを「噛み殺したまゝ」死んでやろうじゃないか。いや、あんな蟻喰い、うまかない。噛み殺したまま、こっちは生きてやる、と小鼻ふくらませる夜がある。

「おかしいな」と思ったことに「おかしい」と言わなければ、将来の世代につけを回してしまう。まだ選挙権を持たない若者の将来を左右するような政治に、異議を唱えないで、どうしておとなと言えるだろう。

「若者たちを戦場に送りたくない」と言うひとがいると、反射的に「感情論だ」と批判される。しかし、ひとりのおとなとして、自分の子どもや孫の世代が巻きこまれるであろう危険を察知しながら知らんぷりは、不誠実ではないか。血縁の「わが子」に限定する話ではなく、おとなである以上、全世界の、次の世代に対する、未来に対する責任がある。

若者はおとなを見ている

SEALDsやT-ns SOWL（ティーンズソウル）をはじめ、若いひとたちががんばっている。

よく「若者は社会性が不足している」などと言うが、とんでもない。見ていて胸がいっぱいになるほど、彼らは懸命に自分たちが「おかしい」と思うことにNOと主張する。そうするための学びも怠らない。

いまの政治がこのまま進んでいけば、その結果をすべて引き受けることになるのは、その頃にはこの世にいないわたしたちではなく、若者たちだ。けれど、そのことを自分に引き寄せて、抗議行動に足を運ぶのはまだ少数派だろう。彼らに話を聞くと、学校で政治的な話をしても笑われてしまうことがあると言う。

それは、わたしたちおとなが負うべき責任のひとつだ。おかしいことに「おかしい」と声をあげることを諦めてきたおとなたちの姿を見れば、若いひとたちは、異議申立てをするのはとてつもなく大変なことだと思ってしまう。

「次の世代のいのちのために」は、必ずスローガンになる言葉だ。もちろん、わたしも「次の世代のために」と思っているが、結局は誰のためでもなく、「自分のために」、わたしは声をあげる。おかしいことに「おかしい」と言えるおとなでありたい。立ち上がるのは、自分自身を裏切らないため、そして自分に失望しないため、と言いかえることができる。

言葉の力

前掲の、わたしが敬愛する詩人の石垣りんさんにインタビューさせていただいた時の話は、他のところにも書いたことがある。言葉についての、話である。

表現活動をしているわたしにとっては、絶えず触れて確かめていたい言葉なので、繰り返す。

「言葉は、権力によってずたずたに引き裂かれたわたしたちの心を覆ってくれ、包んでくれる包帯のような役目をする。同時に、わたしたちを引き裂く強大な力に対しての刃にもなり得る……」

四〇年以上も前のことで、一字一句正しく記憶しているかどうかは自信がないが、真意は損ねていないと思う。

それぞれの「いま」の中で、石垣さんがおっしゃったことをかみしめるわたしがいる。

三・一一の後、「さようなら原発1000万人アクション」や「戦争をさせない100

0人委員会」の呼びかけ人を引き受ける時も、心には石垣さんの言葉があった。呼びかけ人というと、気後れしてしまい、これまでに引き受けたことはあまりなかった。

しかし、気後れとお手玉する余裕はない。「どうせ」というニヒリズムと石蹴りする時間はない。呼びかけたひとりとして、使う言葉を大事にしたい、そして、問題を解決に導けるような、時には絶望を希望に橋渡しするような言葉を発したい、と思う。亡くなった井上ひさしさんは、いつもこうおっしゃっておられた。

……むずかしいことをやさしく、やさしいことをふかく、
ふかいことをおもしろく、おもしろいことをまじめに、
まじめなことをゆかいに、そしてゆかいなことはあくまでもゆかいに……

（劇団「こまつ座」の雑誌『the 座』より）

集会でスピーチをするために壇上に立つ時、なにを言えばいいのか、いつも悩む。可能な限り、共有でき、そして力強く、しかもデリカシーのある言葉を発信したいと思うから

だ。

たとえば、真夏の集会があれば、スピーカーであるわたしたちは、ステージにいるのはせいぜい数分、あとは張られたテントの日陰に座っていられるが、全国各地から集まってきたひとびとは、炎天下で長時間続くスピーチを聞くことになる。そんな大事なひとたちに、いい加減な言葉を届けるわけにはいかない。

大きな集会は屋外で行うことも多く、どうしても声が散ってしまうので、会場にいるすべてのひとに聞きやすい言葉であることも必要。前のひとの話が長引いて、一〇分のつもりで用意していたスピーチを三分で話さなければならない、という時もあり、そんな時のスピーチを考えるのは、長い原稿を書くよりも難しい。自分のボキャブラリイの貧しさと対峙する時空……。

井上ひさしさんの「むずかしいことをやさしく」

二〇一五年の「5・3憲法集会」でも、スピーチでなにを言うか、なかなか決まらず、その日の朝はとても憂鬱《ゆううつ》だった。が、大先輩の澤地久枝さんと横浜の会場に行く途中、井上ひさしさんの前述の言葉を思い出していた。

そういえば、井上さんの最後の作品になった音楽評伝劇『組曲虐殺』（集英社刊）では、主人公の小林多喜二にこう言わせていた。

……絶望するには、いい人が多すぎる。希望を持つには、悪いやつが多すぎる。なにか綱のようなものを担いで、絶望から希望へ橋渡しをする人がいないものだろうか（中略）……いや、いないことはない。

「そうだ、これを紹介しよう」と思い、井上さんの言葉のあとに、「わたしたちもどんなに小さくても、いやになるほどささやかでも、絶望を希望の側に運ぶメッセンジャーでありたい」というようなスピーチをした。

その日の夜、集会に参加した人から「僕も前の夜、『組曲虐殺』のあの言葉を考えていました」と書かれたメールを受け取った。

井上さんの「むずかしいことをやさしく……」はなかなか至難の業だが、こんな風に、社会に対する問いかけを、言葉を通して多くの人と少しでも共有できたらと思う。

届く言葉を探す

大学を卒業してラジオ局のアナウンサーになり、その後も、ものを書いてきたのだから、わたしは一応、言葉の「プロ」に近いところにいたはずであったが、正直、いまほど言葉を勉強したことはない。

呼びかけ人になって以来、自分の発言はもちろん、自分が書くものについても、かなり神経質になっていることも確かだ。もし、わたしがミスをしたら、ああいうミスをするやつが運動をやっているのだ、と、他の呼びかけ人のひとたちに、そして運動そのものにマイナスになってしまうかもしれない。考えすぎかもしれないが、ちょっとしたミスにも神経質になり、調べものの時間も増えた。

もともと書くのは速いほうで、特に母の介護をしていた時などは、われながら驚くほど速く原稿を書いていたが、いまは、「ここで躓いたら大変なことになる」と思うと、短いコラムひとつ書くのにも、時間がかかるようになった。むろん年齢のせいもある。

「原発反対」「集団的自衛権反対」などと言っていると、暴力的とも言える言葉で批判にさらされることもあるが、気にはしない、いや気にしても仕方がない。

親しくさせていただいた、亡くなった随筆家の岡部伊都子さんも、反戦・反核という立場を鮮明にされていた方だ。

お元気な頃、電話で話した時、岡部さんは「今朝もポストに脅迫状が入っていた」と落ちこまれつつ、「でも、これが来る間、わたしはぶれていないんだと思うことにした」と雅な言葉でおっしゃられた。本当にそうだと思う。

わたしも自分の考えを変えない。もし変わるとしたら、それは自分で変えたいと思った時で、外側からの圧力で変えることはない。ただ、わたしの言葉が足りずに（時には過剰なために）まだ入り口で迷っているひとに届いていない、という反省はある。むろん、反対側にいるひとにも。異なる意見のひとに自分の考えをどう伝えるか、難しいことだが、これからも模索を続けていくしかない。

そういえば、こんな言葉がある。

書棚に、金子功さんの歌集『無字の經《きょう》』（岩波出版サービスセンター）がある。長野にお住まいの金子さんにお目にかかったことはない。歌集を送ってくださったのは、作家の井《い》出《で》孫《まご》六《ろく》さんだ。折に触れて読み返す歌集の中に、次のような作品がある。

国敗れ唯一得しものは「現憲法」と城山さんの志昂《こころ》かり

国の内外に多くの犠牲者をだした先の戦争。それでも、戦争によって、わたしたちは現憲法を手に入れることができた……。そんな意味の歌である。

歌の中の城山さんとは、作家・城山三郎さんのことである。

自分に引き寄せる

デモにはわたしより年上の、戦争を体験した世代も参加していて、切実な声をあげておられる。一方で、戦争を体験していても「徴兵制をやれ」というひとがいることを考えると、なんでも体験すればいい、ということではないのだと思い知らされる。

大事なのは、体験したことをどうやって自分に引き寄せられるか、同時に自分が体験したものをどうやって普遍化して社会にフィードバックするか。つまり、体験の個人化と普遍化ができていないのであれば、体験そのものには意味がない。

たとえば、沖縄県の外に暮らすわたしたちはなにができるか。そんな思いをこめて、『毎日新聞』(二〇一五年四月一〇日付)に「沖縄の辞書」という詩を書いた。

沖縄の辞書

あなたよ
世界中でもっとも愛《いと》おしいひとを考えよう
それはわが子？　いつの間にか老いた親？　つれあい？
半年前からあなたの心に住みついたあのひと？

わたしよ
心の奥に降り積もった　憤り　屈辱　慟哭《どうこく》

過ぎた日々に受けた差別の記憶を掻《か》き集めよ
それらすべてが　沖縄のひとりびとりに
いまもなお　存在するのだ
彼女はあなたかもしれない　彼はわたしかもしれない
沖縄の辞書を開こう

2015年4月5日　ようやくやってきたひとが
何度も使った「粛々と」
沖縄の辞書に倣って　広辞苑も国語辞典も
その意味を書きかえなければならない
「民意を踏みにじって」、「痛みへの想像力を欠如させたまま」、「上から目線で」と

はじめて沖縄を訪れたのは　ヒカンザクラが咲く季節
土産代わりに持ち帰ったのは

市場のおばあが教えてくれた　あのことば
「なんくるないさー」
なんとかなるさーという意味だ　と　とびきりの笑顔
そのあと　ぽつりとつぶやいた
そうとでも思わないと生きてこれなかった
何度目かの沖縄　きれいな貝がらと共に贈られたことば
「ぬちどぅ　たから」
官邸近くの抗議行動
名護から駆けつけた女たちは
福島への連帯を同じことばで表した
「ぬちどぅ　たから、いのちこそ宝！」

「想像してごらん、ですよ」
まつげの長い　島の高校生は

レノンの歌のように静かに言った
「国土面積の0・6％しかない沖縄県に
在日米軍専用施設の74％があるんですよ
わが家が勝手に占領され　自分たちは使えないなんて
選挙の結果を踏みにじるのが　民主主義ですか？
本土にとって沖縄とは？
本土にとって　わたしたちって何なんですか？」
真っ直《す》ぐな瞳に　突然盛り上がった涙
息苦しくなって　わたしは海に目を逃がす
しかし　心は逃げられない

2015年4月5日　知事は言った
「沖縄県が自ら基地を提供したことはない」
そこで　「どくん！」と本土のわたしがうめく

ひとつ屋根の下で暮らす家族のひとりに隠れて
他の家族みんなで　うまいもんを食らう
その卑しさが　その醜悪さが　わたしをうちのめす
沖縄の辞書にはあって
本土の辞書には載っていないことばが　他にはないか？

だからわたしは　自分と約束する
あの島の子どもたちに
若者にも　おばあにもおじいにも
共に歩かせてください　祈りと抵抗の時を
平和にかかわるひとつひとつが
「粛々と」切り崩されていく現在《いま》
立ちはだかるのだ　わたしよ
まっとうに抗《あらが》うことに　ためらいはいらない

沖縄の基地や集団的自衛権、安全保障の問題を、「自分とは遠くはなれていることで関係ない」と考えるひともいる。しかし、自分が愛するもの、奪われては困るものをしっかりと考えてみよう。あるいは、自分にとって大事なことを頭越しで決められたり、手柄をすべて上司に取られたり、自分はなにも悪くないのに責任をとらされたり、不当に自分は差別されていると感じた屈辱的な経験を思い出してほしい。そうしたことをひとつひとつ考えていけば、沖縄のいま、そして過去が見えてくる。未来もまた。

個人が自分の体験を元に想像力を広げ深めることができれば、気づくことはたくさんある。もし、多くのひとが、そうやって体験の個人化と普遍化を重ねさえすれば、それが生活の習慣となれば、きな臭い流れを辛うじて堰《せ》き止めることもできるはずだ。

ほんの少しの想像力さえ持てば、充分だ。難しい本を読むこともない。

ほんの少しの、自前の想像力を!

自主規制はしない

だいた。

「沖縄の辞書」を新聞でご覧になった敬愛する詩人の新川和江《しんかわ》さんからファックスをいただいた。

新川さんは、女性がいまよりもはるかに表現することが困難だった時代に、『わたしを束ねないで』という詩で「わたしはわたし」ということを表現され、女性解放の背中を詩という表現を通して、そっと押してくださった方でもある。

そのファックスで、自分たちは戦争を知っている世代であるがゆえに、戦時中、治安維持法で逮捕されていく上の世代のひとびとを大勢見ていた。だから、権力批判についてすごく臆病だった、ということが記されていた。ああ、新川さんもあの世代のおひとりだった、と改めて思う。

戦前は言うまでもないことだが、戦後であっても、権力にもの申せば、なんらかのバッシングを受ける可能性がある。その時代を目の縁で捉《とら》えながら、新川さんは『わたしを束ねないで』と主張された。そう考えると、ひとつの詩がまた違った角度から読める。

表現者は、表現の場がなくなることがなによりも怖い。でも、たとえその時が来たとしても、どうしてもこれだけは譲れない、ということに関しては、果敢に対峙していきたい。

そうされてきた、先達《せんだつ》に応えるためにも。これからそうされるかもしれない次世代に伝えるためにも。

しかし、いくら思いはあっても、それぞれに生活があり、抱えている事情も違う。そのために、やむを得ず、一時的に志に蓋をするしかないひともいると思う。また、表現者として、敢えて政治的、社会的なことには声をあげない、ということをポリシーとしているひともいる。

ひとはひと。でも、「これはおかしい」ということにみんなが黙ったら、やがて自由にものが言えない時代になり、望まない形でいのちを落とす時代になってしまう。それは、わたしたちが経てきた歴史からの、教訓だ。

集会の壇上に上がった時、聴衆の中にあきらかに異質なひとがいることもある。でも、それを気にして言いたいことを言わないのは、「自主規制」になる。いまのような活動をしてもしなくても、ひとのいのちには限りがあるのだから、言いたいことがあるならば、言わねばならないことがあるならば、わたしは言葉に蓋をしたくはない。

新川さんのファックスの最後に記された、わたしのヘアスタイルを表する「たてがみ、ますますお元気で」という一文に、思わず笑ってしまった。尊敬する新川さんからの励ましは、わたしにとっての大切な宝……。

言いたいことを言える幸せ

仕事上、「ごめんなさい」「それはやりません」とお断りすることも少なからずある。若かった時はうまく言えなかったのが、年をとって、ま、いっかと思えるようになった。

いまのわたしは、言いたいことが一〇あれば、一〇か九か八は言う。相手が権力であれば、一五ぐらい言うかもしれない。

けれども、若い時は違った。特に会社員時代は。わたしにとって若さとは、不便で不自由で不安定、とても居心地の悪い日々だった。

当時、わたしは黒い服を着ることが多かったように思う。落ち着ける色ということの他に、「とにかく年上に見られたい」という背伸びがどこかにあったことも否定しない。同じ理由で、「かわいい」服に手が伸びることもなかった。

二二歳の春。わたしはラジオ局に入社し、アナウンサーとなった。いまでも変わっていない側面を見聞きはするが、若い女性アナウンサーというと、男性アナウンサーの横にいて、「そうですね」と相槌《あいづち》だけうっていればいい、という位置づけが強かった時代だ。女だから、男だからというセクシュアリティだけで仕事が決まってしまうのは、やはりおかしい。

頑《かたく》なに「そうですね」を拒否して「そうは思いません」と言う場面が増えて、「あいつをおろせ」と騒ぎになったこともあった。

「女の子がなにかキャンキャン騒いでいる」と、自分の意見をまともに聞いてもらえない年代もあった。それは非常に悔しいことだが、会社勤めをしたことのある女性の多くが、どこかで経験していることだと思う。

会社で「うちの女の子」と言われることにも抵抗があって、「おまえんちの子どもじゃない」と幼い反抗もした。また、男性たちから親しみの表現のつもりか肩をたたかれたりすると、「自分がそうしていいと許容した男以外に肩に触れられたくない」と噛みついて、呆《あき》れられた。触れられたくない、ＨＡＮＤ　ＯＦＦの宣言は年代にもキャリアにも無関係だろう。

いま、あの頃の自分に会えたら、伝えたい。

いろいろあったけど、あの時「あなた」はあれで精一杯だったんだよね、おつかれさん！ と。

時々、本当に変わったのか、変わり得たのか、という声を心に聞く。同時に、女をとりまく時代は、変わった部分もあれば、相変わらずの部分もあるだろう。セクシュアル・ハラスメント、パワー・ハラスメント、モラル・ハラスメントは、いまもって存在する。あきらかな人権侵害である。それらに反旗をひるがえすこともまた、わたしの大事な「仕事」だと位置づけている。

三十数年前、もろそのタイトルで小説を書いた『ザ・レイプ』（講談社文庫）。

すべては、支配と被支配の関係を凝縮したもので、現在の社会にも、それを希釈した、歪んだ関係性が存在する。それらが存在する限り、わたしは声をあげ続ける。誰のために？ 被害者をこれ以上、増やさないためでもあるが、わたしが心地よく暮らすために。

愚痴は排する

なにか言えば「生意気だ」とたたかれ、問題視される中で、若かったわたしはその時の雰囲気で三しか言えなかったり、せいぜい言えて五ぐらい、ということもあった。いまも忘れられない、苦い体験だ。

「この空気にいまは、合わせておいたほうがいい」ということがわからないわけではないから、積極的に反対意見を言うのではなく、言いたいことは押し殺し、まわりに合わせようとギクシャクしながら努力する。そんな時もあった。けれど、徐々にそんな自分が許せなくなってきた。だから、早く「おとな」になりたい、自分なりのキャリアを積んで、自分の考えていることをちゃんと周囲に伝えたいと考えていた。

年を重ね、いまはなんのためらいも、遠慮もなく、言いたいことを言う。誰かを傷つける言葉かどうかということには気を配るが、それでも伝えることが誠実だと思える時には言葉を選択しつつ、伝えるようにしている。

トイレで愚痴ったり、飲み屋さんで不満をぶちまけたりすれば、気分はある程度すっきりするかもしれない。けれど、それではなにも変わらない。言うべきことを言わないのは、相手に、なによりも自分に不誠実なことだ。

自分で責任がとれる気楽さ

自分の言動に責任をとる、その頷きがあれば、率直に伝えることができる。

年をとってリタイアし家族への責任も軽くなれば、自分の責任は自分でとる、で充分ではないだろうか。「会社に迷惑がかかる」「家族はどうしよう」ということにさほど心砕くことなく、言いたいことを自由に言えるのは、加齢からの贈りものでもある。

わたしが三一歳で会社を辞めて、クレヨンハウスを設立した時、「これからは自分の書いたことや言ったことで会社や上司を苦しめることはない」という、このうえなく清々《すがすが》しい気持ちになったことを記憶している。同時にそれは、こちらが責任をとる立場にもなった証でもある。

会社員として生きていると、「ここまでは許される」という枠組みがどうしても見えてしまう。その枠を飛び越えたかったわたしは、時々生放送という後戻りのできない場で自分の意見を口にした。当然、始末書を書くこともあった。当時、五枚が限度、と言われていたのを四枚書いた覚えがある。

それでも会社は受け入れてくれていたし、上司にも恵まれた。当時は、よほどでなければ、トラブル等の責任は会社がとってくれた。楽なことでもあり、同時に不自由なことでもあった。とにかく責任は会社がとると思うと、やはり「自分を押し殺さないと」というブレーキがかかる。

会社を辞めた時、責任は重いけれどこれほど自由なのかと、手にしたものに驚愕《きょうがく》した。自分の責任は自分でとる。失敗したとしても自分で「始末」する。それが自分自身に新たに約束したことだった。

表現することは「強者」にもなりうる

わたしが若かった頃は、女性が異議申立てをしたら、「うるさい」と言われる時代だった。キャロリン・ハイルブランの『女の書く自伝』（大社淑子訳　みすず書房）に、他のタブー以上に、女に禁じられていたのは怒ることである、というようなことが書かれている。

わたしの言葉をつけ加えるなら、女が禁じられた怒りを表明することもまた、タブー視されていた時代は長い。

いつもなにかに対する違和感を抱えていたわたしは、怒りをあらわにしては、呆れられるという繰り返し。当時は珍しかった女性のパーソナリティだったことで、メディアの取材を山のように受けたが、これもまた、時にわたしの怒りに火をつける原因となった。

朝の通勤途中の電車の吊り広告で、会ったこともないひとと「結婚!」。婚外子であることをスキャンダラスに書き立てられた記事。それらを見れば、当然、怒りもこみあげる。周囲は「書かれるうちが花」と、わたしの思いはまともに伝わることはほぼなかった。

記事の内容が違っていたら、その都度、出版社に内容証明を送った。周囲はなにをいちいち目くじら立ててと言っていたが、他のひとにとってはたいしたことではなくても、わたしには「たいしたこと」だったからだ。

当時、ほとんどの記者たちはわたしより年上だったから、「若い女の子だから、これぐらいいいだろう」という感覚もあったのかもしれない。それは、若い女性への差別ではないか、とここでも怒るわたしがいた。わたし自身がラジオ局というメディアに所属していたから、相手にしてみれば、「お互いさまでしょ！」という一種の共犯意識もあったのだろう。

たとえ短い間でも、そうやって注目されることをうまく利用することもできたかもしれない。けれども、「下着の色は？」などとなんの関係もない質問をされたり（セクシュアル・ハラスメントだ！）、真実でないことを記事にされたりするうち、なぜそういうことになるのか、考えざるを得なかった。

当時はウーマン・リブと呼ばれ、フェミニズムという呼称は使わなかった時代だが、メディアに女性の視点がない、ということを強く感じた。女性の視点、言いかえれば、社会構造的に「より声の小さい側に寄り添う視点と姿勢」である。

若かったわたしは、自分もその片隅にいるメディアによって傷つけられたことは確かだ。しかし一方で、それらの体験はメディアと人権について考えるきっかけを、わたしに与えてくれた。

表現される側から見ると、表現できる側にいる人は、編集者であれ記者であれ強者だ。わたしもまた「される側」から見るなら、強者のひとりであるのではないか。その認識は痛かった。

書いたり、語ったりする時、非常に臆病になった。自分で確かめないとなにも言えない、書けないと思ったのもその頃のことだ。自分で確かめようとしても、全容をどれほど摑《つか》んでいるかと考えると、気持ちが竦《すく》んだ。

メディアの不自由

テレビは影響力が大きなメディアだが、「テレビには伝えないこともある」ということをわたしたち視聴者はまず意識しておきたい。すべてのメディアに共通することだ。

反原発デモがいい例だ。チェルノブイリの事故があった後、実際には日本のあちこちでデモが行われていたが、報道されることは少なかった。メディアは「あったこと」すら消すこともできる。福島第一原発の事故以降は、反原発運動の様子も少しは映すようになったが、いままた「なかったことにする」方向に向かいつつあるような気がしてならない。

ニュースにならなければ、その周辺にいる者しか知らない。安保法制反対のために、何千人、何万人が集まったところで、ボツにされればそれで終わりだ。

ニュースは従って、公正でも公平でもない。公正でも公平でもないものを、その顔をして提供していること自体、問題ではないか。偏向報道もむろん問題だが、ニュースとして取り上げないこともまた、偏向そのものだ。

ニュースにならないニュースもある（戦前戦中のように）から、わたしたちはメディアとより能動的に向かい合いたい。

多額の広告料をだしているクライアントは強い。だからこそ、自分たちの思い通りにならないメディアには「広告をださないようにすればいい」という前述の言葉となるのだ。

二〇一四年の総選挙でも、現政権から報道の公平を要請する書面が、副幹事長等の連名で各テレビ局に送られた。公平、公正、結構だ。しかし彼らが求める公平・公正とは、自分たちにとって都合の悪いコメントやインタビューは流すな、ということであり、不公平・不公正の強制でしかない。テレビが認可制のものであることも、こういった公平・公正を装った（透けて見えるが）お願いという強要が横行する理由だ。

ニュースはニュースになって初めてニュースであるのだ。報道される前にすでに取捨選択は行われている。外側からの圧力の場合もあれば、自主規制である場合もある。

ネットの時代と言われても、テレビの影響力を考えれば、主流の声とは違う、「こういう意見もあります」と手を上げるひとが画面の中にいるのは大事なことだ。もし、そういったひとがテレビに出ていなければ、テレビは権力者の声の代弁者に堕ちる。すでにその傾向は強い。

「もう結構です」と言われないラインすれすれのところで、自分なりの考えをテレビでコメントする稀《まれ》なコメンテーターやアンカーを観ながら、「これからも手を上げ続けていてね。よろしく！」とエールを送るわたしがいる。賛同します、のファックスやメールも大事だ。

新聞には両論併せてという慣習がある。あることに対して、たとえば、特定秘密保護法に賛成するか反対するかを、それぞれの立場からコメントし、たいがい同じ分量のコメントをのせる。

一見、公平に見えなくもないが、一方には、（賛成派）権力という後ろ盾がある。どちらの声が強力か。どちらが影響力があるかは自明の理だ。自主規制のひとつの形として、この両論併記が紙面をにぎわすことを、わたしは恐れる。

こういった〝逃げ〟が、市民の生命と生活を脅かす場合もあることは、先の戦争中の誘導を通して、わたしたちは学んだはずだ。

メディア・リテラシー

そもそも、新聞とテレビが読売系とかフジサンケイ系とか朝日系といったように、同じ系列の会社に属している国など、世界ではほとんどない。ひとびとも、いつも接するメディアが決まった新聞やテレビ局であれば、そこで伝えられることを「正しい」と思ってしまいがちだ。

わたしたちは、歴史から学ばなければならない。かつての戦争の時、大本営発表を鵜呑《うの》みにして「勝った、勝った」と喜んでいたひとは多かった。その結果、なにが起こったか、ということを考えれば、「メディアが言うことだから正しい」とは思えないはずだ。

大事なのは、メディアに絶対的信頼を持たないことだ。右左というイデオロギー風な分類に関係なく、どんなメディアが伝えることでも「本当にそうなのか」と一度は疑い、そのうえで自分はどう考えるか、という視点を持ち続けていきたい。

いまは、ひとつのメディアだけに接していればいい、という時代ではない。いろいろな媒体に接し、その中から情報をどうチョイスするか、ということが必要だ。

たとえばわたしはラジオが好きで、いまも週一回の番組や特集を担当することがある。昔やっていたので慣れているというのもあるが、ラジオには、自由にものが言える雰囲気がまだ残っていると感じるからだ。テレビと比較して、影響力が少ないからかもしれない。

わたしが担当する番組では、紹介する本も選曲も自分でやらせてもらえて、いまのところなんのチェックも入らない。「いいの？　わたしはなにを言うかわからないよ」

チェックが入った時点で、わたしはそれらの番組を降りることになるだろう。バンと衝突して降りた！　も、ひとつの方法だし、粘り強く、「これだけは」と伝えていく方法もある。性格的にわたしは前者のほうだが、文章にしたら、一頁の中に一行、ラジオなら数十秒でも、自分の考えを語ることができたらそれでいいとも、考えが徐々に変わってきた。どこまで続けられるかはわからないが、ある意味、ゲリラ戦と言える。

大震災の直後、テレビよりラジオが被災者の暮らしに役立ったことを考えると、レッドカードを出されるまで、ラジオを続けようといまのところは思っている。

実際、共に番組を作っているひとは、すれすれのところで、球を受け止めてくれている。わたしもしっかり受け止めて、投げ返したい。二〇一五年に入ってからも、沖縄特集や八・一五の特集など、やってきた。先の「広告を出さないで、潰してしまえ」というひとの暴論も、長い番組の中で触れることは可能だ。

絵本についての短い番組も長い間担当しているが、こちらも選書と選曲は任されているから、時代の流れを見ながら、必要と思える絵本や曲にスポットを当てることもできる。それが続けられるなら……。わたしは続けるだろう。

また、受け手のひとりとして、ネットのニュースも見る。新聞やテレビでは報道されない、反原発デモや辺野古への新基地建設反対運動、それぞれ現場で起こっていることも流れてくる。

SNSはやっていないが、一応、ブログは書いている。ただ、二、三カ月間があいてしまうこともしょっちゅうで、「お身体悪いんですか?」と言われたりする。

わたしは活字をこよなく愛しているが、いつまでも活字だけにこだわっている時代ではないとも思う。確かにネットにも不確実性というマイナス要素はついて回るが、それをあまり恐れていてはいけない。

既存のメディアがいまよりせっぱつまった状況になった時、ネットをもっと活用せざるを得なくなるだろう。既存のメディアにもっとがんばってほしい、けれど使えるものはなんでも使わなければ。要は、わたしたちひとりひとりが主体として、メディアとどう向かい合い、それをどう育てるか、だ。

「正しい」という狭さ

わたしたちの世代がいやというほど体験してきたことのひとつに、社会的活動は、最初はよくても、どこかの時点で内部で対立して分裂していくことがある。それは、活動を担うひとたちに「自分たちこそ正しい」という思いこみが強いことが関係しているように思う。そうでなくては、権力と対峙し得ない状況も理解できる。

権力や大企業のように大きな力に対して反対の声をあげれば、いろいろなリスクを背負う。そんな中、がんばっているひとたちのほとんどは「お金持ち」ではない。それでも「反対です」と手を上げ続けるひとたちと、わたしは共に在りたい。

一方で、「自分たちはこんなにがんばっている」「これだけいろいろなものを犠牲にしている」、だから「正しい」というような言い方では、「広がっていかないな」と思うこともある。

机の上とアジテーションだけで存在する運動は、広がりも深まりも出にくい。あたりまえの生活を送るひとりとして共感できるものがそこになければ、多くのひとが参加することは難しい。それでも、わたしは彼ら彼女らと共に在りたい。うるさいと言われようと、「ここ、ちょっと考えませんか?」「扉が閉じられ気味です」「もう少し開きましょうよ」と言いながら。

さらに思う。

正義とはなにかという定義は、自分がどこに属するかで、光景は違ってくる。そして、正義を掲げるひとたちは、どちらの側にいるにしても往々にして熱すぎる。時々、距離をとって、「相変わらず」熱くなっている自分にふっと笑ってみる心理的余裕はほしい。このあたりは反省の弁でもあるが。

現実は重くとも、闘う時は軽やかに。笑えない状況であっても、闘う時は明るく。たとえ、笑っている場合ではないという時でも、熱くなりすぎた自分を少々クールダウンし、日々の生活を淡々と送ることを忘れないようにしたい。

正義を求める怒りは外に向かっていても、そのエネルギーの強さゆえに、自分自身をも焼きつくしてしまうこともままある。だから、普段の暮らしを大切に。自分がほっとする瞬間を持つことが必要だというのが、わたし自身の日々の実感、痛感と言える。

敬愛する素敵な「おとな」たち

ラジオ局にいた頃から、理由もないのに注目され、特別扱いされることが苦手だったので、未だにデモに参加していても、「あ、落合さんだ」などと言われると、固まってしまう。「愛想が悪い」と言われたこともある。

たしかに、笑顔を返すことで、「デモって怖くないんだな。時間があったらデモに行ってみようか」というひとがひとりでも増えるかもしれない。そうであるなら、いままでの自分を変えなければと考える。その意味で、わたし自身が少しでも「素敵なひと」でなければ、という、ちょっと恥ずかしくもある責任を感じる。

実際、わたしが声をあげ続けてこられたのは、「素敵なおとな」たちが切り開いてきてくれた道の後ろに自分が連なっている、と感じるからだ。かつて、その先達がおおらかに優しく、ニューカマーであるわたしを迎えてくれたからだ。

この章の中で名前を挙げた、石垣りんさん、岡部伊都子さん、新川和江さん、どなたもわたしが心から尊敬する方々。

澤地久枝さんも、自分の目線をより声の小さい側に置き、その結果、好むと好まざるとにかかわらず権力と対峙されてきた。八〇代半ばでありながら、それでもおかしいことはおかしい、と言い続ける真っすぐな強さにはただただ頭が下がる。

この方たちに共通するのは、媚びない、擦り寄らない、そして、言葉をとても大切にしている、ということ。わたしは、この先輩たちの言葉を読み、書き写し、背中を見ながら、自分の行く道を模索してきた。

わたしのずっと前を歩いてくださる大先輩たちは、いつまでも輝きを失わない、本当の「おとな」の女性たちだ。わたしはこれからも、この大先輩たちを見つめながら、歩いていこう。すでに亡くなった方々は、彼女たちが残していった言葉を繰り返し握りしめながら。

そして、わたし自身、ほんの少しでも素敵な「背中」を後輩に見てもらいたいと思う。

受け継がれていくもの

クレヨンハウスを始めた最初の頃は「お父さんも可能な限り子育てに関わってください」ということを言わなければならない時代だったが、ある時ふと気がつくと、若い父親がごく自然に子どもと関わっている姿があたりまえの光景になっていた。

たとえば、レストランで食事をしていると、お父さんがフォークで豆を潰して、小さい子どもの口に入れてあげている。スプーンでお味噌汁《みそしる》を飲ませたり、泣きやまない子どもを表に連れていって、「みんなでご飯を食べる場所だから静かにしようね」と一生懸命、言い聞かせていたりする。母親が買い物をしている間、父親が赤ちゃんの面倒をみたり、オムツをとりかえる姿は、珍しいことではなくなった。そんな父親たちを見ると、「時代は確実に変わったな」と嬉しくなる。ひとりひとりが、流れを具体的に変えているのだ。

だから、焦ってはいけない、と思う。原発も沖縄の問題も、どんなにがんばっても、どうにもならない、と諦めそうになる一瞬があったとしても、思いを伝え続けることで、少しずつなにかが確かに変わり、「夢」だと思っていたことが、いつかは現実になるかもしれない。

わたしの願いは、誰もが職業や人種、セクシュアリティなどによって差別や偏見にさらされることなく、それぞれが「自分色」に輝ける、そんな社会だ。それこそ「夢物語だ」と言われるが、夢であっても一ミリは実現したい。

わたしたちが、次の世代に受け継ぐことを諦めなければ、彼らが新しい形で「自分色」を輝かせることができる社会へのバトンを受け取ってくれるはずだ。それを夢見つつ、わたしは今日も声をあげる。

第五章　暮らしの始末

暮らし、というこの愛おしくも懐かしくも、
けれど、時に、うっとうしいもの。
『Good Morning Heartache』でも聴きながら、
暮らしと向き合ってみよう。

空間を取り戻す

七〇歳という人生の「まとめ助走期」を迎え、自分の日常をいかにシンプルにしていくかは、大事なテーマだ。

いわゆる、暮らしの「始末」である。わたしも例外ではない。

たとえば、わたしは洋の東西を問わず陶磁器が好きだし、漆器類にも心惹《ひ》かれる。が、もうこれ以上は増やさないと決めた！　大小様々な皿でも深鉢でも花瓶でもカップ＆ソーサーでも茶器でも、ほとんどすべてを普段使いにしている。できるだけ日常生活での出番を増やしてやりたい。飾り棚に飾っておく趣味はない。「ほしい」と言ってくれる友人にはあげてしまう。

使ってもらってこそ、器は喜ぶ。

収集癖はないほうだと思う。収集にかけるエネルギーが、わたしには too hot、熱すぎる！　であるからだ。それでも気がつくと、増えている。絵や版画がそうだ。友人の個展で求めたりしたものだ。

これらも額装して壁に飾ったり、部屋のコーナーに立てかけたり、普段使いで楽しんでいるが、好きなひとがいたら、さし上げる。

いままで大事に、けれど神棚に祀《まつ》ることなく使ってきたものが自分のまわりから消えていくことに、寂しさは感じない。いつまでも持っているわけにはいかない。前掲の石垣りんさんの『表札』ではないが、「やがて焼場の鑵《かま》にはいる」時、それらを持っていくことは不可能だ。だから、大切にしてくれるひとのところに無事引っ越してくれるなら嬉しい。

もともと、モノがない、シンプルな空間が好きなのに、いつの間にやら増えてしまい、気づけば、あーあ、であるのだが。

そして、気づいたことがひとつある。なにかを「自分のもの」にしようとする時は、自覚はなくとも、ストレスがたまっている時だと。精神的に充たされている時は、「欲しい」という欲望もあまり生じず、ものは増えない。

すべての欲望からフリーだと断言はできないが、年と共に「ほしい」と思う気持ちが薄まってきたことで、本来の自分の好きな「なにもない空間」をいま少しずつ取り戻しつつある。

絵や置物が徐々に消えていっても、たとえばザルの上で見事な茄子《なす》と胡瓜《きゅうり》がそれぞれ茄子色に胡瓜色に輝き、トマトはトマト色に輝いているのを見ると、それだけで見事な絵であり、置物であると思う。実際、野菜はうっとりするほど美しい。ずっとそこに置いておきたいほどだ。が、胡瓜は糠床《ぬかどこ》に、あるいはわかめと三杯酢に、茄子は味噌味の油炒めに、トマトはサラダになってわたしの胃袋に収まる。それにしても、傍《かたわ》らに旬の野菜があるだけで、シンプルな部屋に季節の風が吹き抜けていく。

片づけ本を読んでも片づけられない

「たくさんのものを持つのはストレスだ」「できるだけシンプルに暮らしたい」と言いながら、問題は、冒頭で書いたように、わたしが片づけ下手だということ。この世に片づけがなかったらどんなに幸せだろう！

「誰かに頼めばいいのに」と言われるが、その前にまず掃除をしてからでないと、だ。体型を整えてからでないと、スポーツジムにもプールにも行けないのと同じ心理だ。それでもすっきりと片づいた時は、本当に気持ちいい。けれどそれが長続きしないことも書いた。

片づけは、明日に持ち越してはならない。わかっているのだが、すぐに「明日でいいか」になる。どんなに眠くとも、どんなに疲れていても、その日のうちにがいいのだが、これがなかなか。一時期集中して読んだ片づけに関する本も皮肉なことに片づけられないまま、リビングやら寝室のベッドの下に散らかっていたりする。

洗濯は大好きだが、好きなのは干すまで。青空のもとでヨットの帆のように撓《たわ》む白いシーツなど惚れ惚れと見ている。いつまで見ていても、飽きるということはない。ところが取りこんだものをきれいに畳んで、しかるべき場所にしまうとなると……。「隙間に突っこんじゃえ」である。急にお客さんが来るとか、急のゲラが送られてきたとか、それなりの理由はあるのだが、要はこの年齢まで、片づけについて身につけようとしなかった、だけのこと。

アクセサリーもそうだ。きれいに収納しておいたつもりが、ある日見ると、みんなからまっていて、ひとつ取ろうとすると、何本ものチェーンがずるずる。

急いでいる時に限ってこうだ。途中で引っ張ったら、チェーンが切れてしまい、「ああ、こういう生活はよくない」と心底思う。従って、わたしのネックレスやペンダント類はだいたい、開かずの引き出しで四季を通して睡眠中ということになる。

仕事机もひどい散らかりよう。「きちんときれいに片づいているより、散らかっているほうが仕事がはかどる」などと言い訳しつつ、ちゃんと整理整頓できていない。

片づけはスイッチが入った時に

普段からきちんと片づけができないズボラなわたしは、たまりにたまったところで一気に、というやりかたしかできない。いつも、ぎりぎりまで散らかった状態を放っておいて、「もうどうしようもない」というところまでくると、ある日突然、「整理！」のスイッチが入る。

愛着のあるモノを捨てるのは抵抗がある、というひともいる。わたしは捨てること自体はわりと平気なほうだ。ゴミ袋を山のようにゴミ置き場に持っていくことになるが、周期的にそういうスイッチが入るので、ゴミを収集してくださるひとには「あの家は何度も住人が変わっている。また引っ越しか」と思われているかもしれない。本当に申し訳ない。

いつ、整理整頓のスイッチが入るか。本人にも予測はつかない。突然だ。どうにも我慢ができなくなって、スイッチオン。きれいになって気持ちよく、さらにスイッチオンの場合もある。

一度スイッチが入れば、いままで「なんとなくとっておきたいな」と思っていたものも、迷わずゴミ袋行き。後になって、「あっ、あれだけとっておけばよかった」と後悔する時もあるが、こぼれたミルクを元には戻せない。かえって諦めがつく。

散らかった状態を横目に、「整理しなきゃ」と思い続けるのもストレスだ。それよりも、「片づけよう！」とスイッチが入りそうな時に、自分に言い聞かせる。このままこの部屋で倒れたら、どうする？　そう問いかけると、「明日には」が「今夜やっておこう」になるのだ。

それが、片づけ下手なわたしの、ものの「始末」との向き合いかただ。

シンプルに装う

かつて衝動買いに走ったことがあった。買い物症候群に近いものがあった。

特に五〇代半ばで母の介護が始まった時は、ストレス発散の意味もあってか、やたら買い物をしていた。当時はとにかく時間に追われ続け、店で気に入ったものを見つけたら、「いま買わないと、もう買えない」となぜか思い詰めて、同じデザインで色違いのものを何着もいっぺんに買ってしまう、ということもあった。止むを得なかったのだと自分を弁護したくなるが、衝動的に買ったものやたまには違ったテイストをと求めたものは、一度ぐらいは手を通すが、やはり身につけなくなってしまう。もったいない。

介護が終わってからは、そんな風に買い物をすることはなくなった。新しく買い足すのではなく、前から持っているものを組み合わせて自分なりに着る、という以前の方向にシフトしてきた。そういう時間的な余裕ができた、とも言える。

洋服に限らず、小物も同様。もうこれ以上はいらない、と自然に思えるようになった自分がいまここにいる。

肩が凝ってしまう、ということもあり、年齢を重ねていけばいくほど、重たいアクセサリーをつけるより、どんどんシンプルに、どんどん削ぎ落としていく。

アクセサリーでもなんでも、「とっておく」ということは、それなりのエネルギーを要することだ。シンプルにすることで、そのエネルギーの浪費（と、わたしには思える）から解き放たれて、きわめて爽快《そうかい》。

靴も同じで、形と色が素敵だと思って（衝動的に）買ったのに、一回履いたら、歩きにくさに「もうダメ」となってしまったり。そもそも、わたしの足の形は幅広なため、爪先が細くて、ヒールが細く高い靴は似合わないし、第一歩きにくい。足に気持ちよくフィットするのは、スニーカーかサンダル。ブーツも臑《すね》が窒息を起こしそうだし、蒸れそうでごめんこうむりたい。といった按配《あんばい》で、身につけるものも決まってきた。

不思議なことに、三・一一以降、好んでわたしが身につけるのは、学生時代にそうであったように、秋であったらタートルネックのセーターのうえに、男物のワンサイズか2サイズ大きなチェックのネルシャツ、そしてジーンズ系だ。晩春から夏の間は、ネルや厚手の木綿のシャツがリネン素材に変わる。靴はもちろんスニーカー。代わりばえがしない、とおしゃれな友人には言われている。

年に一、二度洋服放出デー

洋服というものは、店の鏡ではいいと思ったのに、家で着てみたら「違う」。そんなことがある。スカーフなどの小物は、いただくことも多く、気がつくと、どうしていいかわからないぐらいに増えている。だいたいが海外旅行のお土産だ。わたしも経験がある。お土産を買っていくとなると、かさばらず軽いほうが楽だ。時には帰路の飛行機の中で調達することもあった。それぞれ仕事がらみの旅行で、お土産など選ぶ時間がない中に買ってきてくれたものだから、大事に使ってきた。

しかし、いつまでもためておく状態を続けるわけにはいかない。こうしてたまってしまった洋服や靴、アクセサリーやスカーフ（いただいたものはちゃんと保管）などを整理し、年に一、二度友人知人に集まってもらって「どうぞ、好きなのを持っていって」という日にしている。

きっかけとなったのは、母の介護をしていた時の出来事だ。

これは笑い話だが、ある冬の寒い日に講演に向かい、「風邪をひいちゃいけない」と、毛糸のマフラーを首にまいて家を出た。ところが、数時間後にステージに立ったわたしを、前の列に座ったひとが不思議そうに見ている。「なんだろう?」と自分の姿をよく見たら、毛糸のマフラーのつもりでレッグウォーマーを首に巻いていた。自分でも、「なぜ充分に首に回らないんだろう」とは思っていたのだが、ちょうど同じような色と素材だったので間違えてしまったのだ。この笑い話を、どこかに書いたら、女友だちに指摘された。「それだけドレッサーがぐちゃぐちゃだった証でしょう」

母のことで手一杯で、片づけや整理整頓にまでまったく気が回らない状態だからと言いわけがましく言ったが、そうでなくなったいまもほぼ同じ、やや改善状態が続いている。

そのレッグウォーマー事件以来、「これは見直さないといけない」になった。

そこで「年に一、二度の放出デー」をもうけるようになった。本当は季節の変わり目ごとに実行できればいいのだが、つい後回しになってしまい、年に一度か二度、がやっと。

それだけためてしまうから、仕分けも大変。それで「もう、やらなければ」という時になって、カレンダーにものすごい勢いで印をつけ、「ここで終わらなければ、あなたはもうダメだ!」と自分を追いつめて、一気に片づける。

けれど回数を重ねていくうち、友人たちが「そろそろじゃない？」と声をかけてくるようになり、仕分けの時から参加してもらって、その時に持っていけるものがあったら持っていってもらうようにしている。

「特別優待みたいで、ウエルカムよ」と彼女たちは言ってくれるが。

サイズダウン

来てもらうのは、だいたいちょっと年下の友人たち。わたしの年代では「もう入らない」というサイズの服も、彼女たちならスルリと着ることができる。

たとえば、前から見たら大丈夫でも、なにかの拍子で横向きに見たら「あ、こりゃダメだ」という服もある。「ダメ」と思ってから一年ぐらいは、「来年になったら着られるようになっているかもしれない。いや、着られるようになるのだ」ととっておく。が、結局、「来年」になってもサイズダウンはできていない。

母が言っていた。

「なにかをさし上げる時は、早めに。リンゴでも蜜柑《みかん》でも洋服でも、自分が要《い》らない、となったものをさし上げてはいけない。とにかく早めに」と。

だから、デザインも素材もとても気に入ってはいるが昨シーズン着なかったものは、思い切って持っていってもらうことにしている。きつい服もだ。入らないものはしようがない。入っても、「鏡うつり」が芳しくないものもしようがない。

アクセサリーやスカーフ、靴など、その服に合いそうな小物も一緒にお引っ越ししてもらう。わたしはものを一気に減らせるし、相手にも非常に喜ばれ、わたしが着ていた時より、ずっとかっこよくコーディネートしてくれたりする。自分が手放したものがまた新たな魅力を放っているのを見るのも、心弾む。

「元気の元」は減らせない

「ものを減らしたい」と思いながら、いまでも増え続けているものがある。それは植物。

もちろん、「ほしい」というひとがいればプレゼントするし、株分けの時季が来ると、同好の士に声をかける。それだけでは、とても追いつかない。わが家はどういうわけか、植物の生育に適した住環境であるようだ。

育ちすぎて、三メートル以上になってしまったものもある。天井ぎりぎりで頭がつかえてしまって、「切らなくては」と思いながらも、木を切ることがあまり好きではないので、ついそのままにしてしまい、さらに育つ。

言い訳ではなく、こと植物に関しては彼らが思うままに生い茂ってくれるのを見ているのが好きだからだ。水やりや手入れはちゃんとしている。

植物はわたしにとって元気の元。育つ姿は、暮らしの弾みにもなる。

これればかりは「わたしが生きていくうえで必要なエネルギー源」と開き直っている。たぶん元気な間は、減らすことができない、愛しのグリーンたちだ。

悩ましい「本」と「手紙」

家の植物は、もう世話できないとなれば、誰かに引き取ってもらえるだろう。しかし、増える一方で「始末」できないものもある。

それは本。大好きで、また仕事のうえでも大量に必要とすることもあり、どんどん増えていく。

家の中のかなり広い二部屋。それぞれの天井から壁面いっぱいに作りつけの書棚が何本もある。本棚だけでは足りず、仕事部屋の床に本の大きな山がいくつも積み上がったまま。そこからあふれ出た本はまた別の部屋に持ちこんで、そこもすぐに足の踏み場もない状態になってしまう。その他、倉庫に預けている本もあり、あまりに大量で片づける気力も萎えるほど。遺言書の項目でも、本をどう処分するか、ということは空白のままだ。

他のものと違って、本は「それほしい！」と引き受けてくれるひとがなかなかみつからない。寄贈したくとも、最近は図書館も引き受けてくれないそうだし、悩ましいところだ。長年集めてきたフェミニズム系の古い本などはもうどこにも売っていなかったりするので、せっかくなら若い研究者に、なんとかいい形で手渡したい。絶版になり、入手が難しい本も同様だ。本に「処分」という言葉は当たらないと嘯《うそぶ》いて、そのままにしている。

さらにどうしても残ってしまうのは手紙。これだけは、「ほしい」と言われてもひとにあげるわけにはいかない。わたしが大好きで尊敬する方々からいただいた手紙は、字そのものも、書いてある内容も心に響き、どうして捨てることができよう。いつまでも傍《そば》においておきたい。疲れた時など取り出して読み返したり……。

しかし、わたしが死んでしまった後、これらの手紙をどうすればいいだろう？　気になるところだ。読まれて困る内容のものではないので、ご本人の了解を得て資料館等に寄贈することも可能だが……。さて、どうする？

選びとるための「ふるい」

ものに限らないが、なにかを「始末」しようと思えば、「捨てる」か「とっておく」かどちらかを選ばなければならない。

決めなければならない時、わたしは自分の勝手な論理だが納得しないと前に進めない。でも、論理ではいくら正しくても、どうしても納得できないこともある。そういう場合は、論理ではなく感情で答えを出すしかない。特上好き、上好き、ぐらいはとっておく。あとは思い切って、である。

もちろん、出した答えに後悔することもある。結局、どちらを選んでも後悔はつきもの。Aを選んだら、Bが気になる、あるいはBからZに至るまでのすべてが気にかかる……。

そんな時、わたしはわたしに問い直す。それは後悔するに値する悔いなのか、と。

自分なりのふるいを持っていれば、「この程度ならいいや」と思えることがたくさんあるのではないだろうか。

ふるい、と言っても、若いひとにはわからないかもしれない。自分なりのふるい、「尺度」という言葉に置きかえられるかもしれない。そして、自分のふるいを持つということは、やはり長い間生きてきた日々から習得したもの、選択なのだと思う。

自分が選んだものについては悔やまない。たとえ少々悔やんだとしても、いつか飛び越えることができる。そう思ったら、きっと楽になれるはず。

そんな選択のためのふるいを持つのが、「おとな」というものではないだろうか。整理片づけ下手が、なにをエラソーに！　はい、反省してます。

心の中はシンプルにできない

わたしの場合、とかく後回しにしてツケが来る、というのは、片づけに限らず、仕事も同じだ。「これはやらない」と決めている類の仕事は即断できるが、いろいろな理由で「断っていいのだろうか」とためらうような依頼があった時は、つい返事を先延ばしにしたまま、そのうち時間切れ。結果、引き受けざるを得ないということになる。そんな時は、「どうして、もっと早く返事をしなかったんだよ！」と、自分に腹が立ってしかたがない。

これも言い訳だが、そんな時、「でもひとって、そういうところがあるよね」と、どこかで苦笑する自分もいるのも事実だ。ひとは機械じゃないのだから、そんなに機械的に仕分けなんてできるはずはない、と。

「シンプルに生きていきたい」という気持ちはあっても、なかなかそうなりきれないのなら、それで自分を責めるのではなく、ある程度は受け入れていくことも必要ではないか。と、これは「りっぱな言い訳」であります。

「シンプルに生きたい」と思うのは、そもそもシンプルではない、複雑な自分を抱えているからだ。ある意味、最もシンプルにできないのは、人間の心象風景、感情生活そのものだ。モノであれば「捨ててしまったのだから、しようがない」ということにできるが、心にある混沌《こんとん》を消していくというのは、パソコンのファイルを削除するようなわけにはいかない。結局、そんな混沌も含めて、それが生きていることの証だ、と言うしかない。

あまりに混沌としているのも問題かもしれないが、ひとつひとつ整理していってもまだ残るものがあるのなら、それはもう「しようがない」。というか、自分にとって大事な感情であり、むしろ大切にとっておこう。そんなにすっきりとシンプルにできないのが、ひとの心というものだと。

第六章　「わたし」の始末

第一章から第五章まで、なんとか辿りつけたとしても……。
最も高いハードルがまだある。

加齢は忌むべきものなのか

誰の言葉であるのかはわからないが、気に入っているフレーズがある。

……最も理想的で賢い資産運用とは、死んだ時に資産ゼロ、とすることだ

確かに。納得。そうしたいと希望する。

子どもがいようといなかろうと、残せば残したで、要らぬ争いの火種になるのが資産というもの。どんなにお金があったところで、通帳を手に天国（地獄かもしれないが）には行けない。だったら、死んだ時に資産ゼロ。これが、賢い運用の仕方だ。

この最終章では、「わたし」自身の始末について考えてみたい。人生の終盤において、老いていく自分とどう向き合っていくかは避けられないテーマだ。どのように自分自身を快適に折りたたんでいくか。心身ともに融通がきく間に考えておかねばならない。計画通

りになるかどうかは、わからないが。

まずは自分の老いを「認め」て、「受け入れる」ことから、その対策は始まる。「いつまでも若々しく」という方向ばかりに目をやっていたら、いつまでも自分の老いを認めることはできない。こわいことではないか？　自分自身の現実から目を逸らし、ここにある自分からひたすら遠ざかろうとしているのだから。

最近の「美魔女」ブームなどを見ると、米国風「いつまでも若々しく」というスローガンがこの社会にも上陸してきたように思える。この国は、老いというものに関してもっと寛容で、敬意を払った社会ではなかったか。

若いひとが老いというものに距離があり過ぎて理解できないのは仕方がないとしても、そのさなかにいるものまで、老いを避けようとするのはなんだか悲しい。

そもそも加齢は忌むべきものなのだろうか。たとえそうだとしても、老いから逃げることができるのだろうか？　自然な法則に背くことなど誰にもできない。

様々な基礎化粧品やメーク用品。輪郭、目のまわり、口の周辺、ネック、デコルテと各パーツへのケア製品。プチ整形や、なんとかいう注射などで、辛うじて「外側」を若々しく「見える」ようにキープすることは確かに可能な時代だ。化粧品メーカーと整形外科医院は大喜び。しかしどんなに腐心しても、内側は確実に年を重ねている。その内と外のギャップを、どう埋めるのか。まるで、安保法案を強引に採決しようとする現政府と、国会を取り囲む反対の市民のようだ。内と外の、大いなる乖離《かいり》である。まるで、年をとることそれ自体を、社会全体が「仮想敵国」とみなしているようにも思える。

加齢臭に対処する製品などのコマーシャルも盛んだ。「これは、ある種の老いへの脅迫だな」と思う。むろん、コマーシャルはもともとそういう要素を有しているものだが。

アンチ・アンチエイジング

そもそも、年をとることはそれほど忌み嫌うことなのか。

権力的なものに対して、反射的に「アンチ」を標榜《ひようぼう》してきた「アンチ派」のわたしだが、アンチエイジングの風潮には異議あり、だ。もひとつ「アンチ」を加えて、アンチ・アンチエイジングだ、と中年と呼ばれる年代を迎えてからずっと書いたり言ったりしてきた。

白髪をそのままにしているのはものぐさなせいだが、白くなっていく髪が贈ってくれる変化を楽しむ気持ちもある。皺《しわ》もまた、悪くはない。ネイティブ・アメリカンの古老たちの皺など美しいと思うし、年をとってからのほうが素敵になった俳優さんも大勢いる。

激しい雹《ひょう》や嵐が無けりゃ　言葉は花を開かない

（『人生よ　ありがとう　十行詩による自伝』水野るり子訳　現代企画室）


そう言ったのは、前述のビオレッタ・パラだが、「激しい雹や嵐」を経て、それぞれがそれぞれの「現在」に辿りついたのだから、言葉も人生も深くありたい。

「いつまでも若々しい」だけが、「花」ではないだろう。

いわゆる「三竦《さんすく》み」、シミもクスミもタルミも自分を生きてきた証じゃないか。

わたしは白髪をそのままにしている。いろいろなヘアカラーがあることは知っているが、正直、面倒なのだ。白髪が増えることで自分の顔回り（水回りみたいで笑ってしまうが）がどう変わるか、その変化をちょっと観察して楽しんでやろう、という思いもある。

「怒髪パーマ」と友人たちに呼ばれる、ヤマンバみたいなこのヘアスタイルは、母の介護をしている時に始めたものだ。当時はショートカットだったが、こまめに美容院に行く時間的・精神的余裕がなかった。いつなにが起きるかわからない（と当初はとても臆病だった）時に、美容院でもないだろう。そう思っていた頃、この怒髪風のヘアスタイルに出会って、これぞ介護の理想的な髪型、と飛びついたのだ。

とにかく一度パーマをかけてしまえば、半年はそのまんま。手入れ不要（ほんとは必要なのだろうが）。パサパサチリチリが怒髪のベースだから、シャンプーをして、時間があれば自然乾燥。真夏など車の窓を開け放って走れば、すぐに乾いてくれる、といった按配だ。ボブ・マーリー風ドレッドに本当はしたかったが、パーマをかける時間がとてもかかると聞いて、現在のヤマンバ風怒髪に落ち着いたのだ。

文字通り、「怒髪天衝《つ》く」ことばかりの社会や政治に異を唱えるのに、ぴったりの髪型だと友人たちに笑われる。

白髪のままで

白髪のままのわたしを見て、「手抜きしすぎ」「手入れしなさい」とアドバイスをしてくれる友人もいるが、自分の白髪混じりの髪、案外気に入っている。「自分が気に入っている」というのが大事だ。ファッションだってヘアスタイルだって、はたから見たら、どうしたの？　でもいい。

白髪の出始めの頃は、生え際あたりの白髪を抜くのがおもしろくて、一本一本毛抜で抜いて紙にはりつける遊びをしていた。が、一本一本抜く「時代」は過ぎて、そこら一面銀世界、である。前述したようにヘアカラーは面倒。そのままでいい、そのままがいいとして、髪が黒かった年代にはできなかったおしゃれがあることに気がついた。

わたしの服は白と黒がベースカラーだが、ちょっとなにかプラスしたい時は、スカーフで変化をつけることが多い。うっとうしくなったら、とっちゃえばいい、という意味でスカーフやストールの類は使い勝手がいい。

髪が黒かった頃、ターコイズブルーや鮮やかなグリーン、紫、オレンジといったインパクトのある色のスカーフ類は主張が強すぎて、ちょいあとずさりだった。きれいな色に惹かれて買ったものも、結局はしまいこんだまま。そして放出デーにやっと陽の目を見るのだ。申し訳ない。

ところが白髪が増えたことで、鮮やかな色を顔のまわりに持ってきても、妙に飛ばず、しっくり感が増してきた。わたしの顔色がくすんできたせいもあるのだろう（苦笑）。使える色幅が広がったことは歓迎だ。好みの問題だが、白髪のベリーショートというのも素敵だとわたしは思う。

動きやすさ

普段、家では正面からしか自分の姿を見ないので気づかないのだが、街のウィンドウに映る自分に、「あっ」と驚くことがある。身体に厚みがついてきた！　心は薄いガラスでできているのにサ。

体重はさほど変わってないのに、背中をはじめ各パーツに贅肉《ぜいにく》が。これが現実だ。体型が崩れると、いままで似合っていた服もなんか変？　どうもしっくりこない。

気づいた瞬間は、がっくりくる。もちろん、ウォーキングや軽いジョギングなどすればいいのだが、続かない！　のだ、これが。スポーツジムの会員に一応はなっているが、プールで水着をつけることすら、高いハードルになっている。ウォーキングも「昨夜は遅かったから」とか「今日はハードな一日だから」などと言い訳ならすぐに九九個浮かぶ。自己コントロールができていない。情けなくもあるが、その一方で「ま、いいか」と例によって受け流す自分もいる。引き締まれば、確かにパンツスーツなども似合うと思うが、わたしの目標は、遅れそうになって新幹線ホームの階段を一気に駆け上がって、ようやく席に辿り着いた時、荒い息をしないでいる自分を作ること。これなら簡単だ、と安心して、このていたらく。

犬を飼えばいやおうなく、朝晩の散歩時間が増えるのだけど、この年齢になると、犬の一生よりこちらの寿命のほうが短いことを考えて、諦めざるを得ない。ほんとはいまもほしくてならない。新刊の『三匹の犬と眠る夜』（平凡社）はアボリジニが厳寒の夜に三匹の犬を身近に置いて暖を取るという言い伝えからとったものだが、三匹でなくとも一匹でもほしい。でも、無理だなあ。

先に逝くのは、犬に失礼だ、と自分を抑えている。

あたりまえのことをあたりまえに

淡々と飄然《ひょうぜん》とあたりまえに暮らす、ということが、昨今のわたしのテーマだ。いつも時間に追われて、ともすれば流されていきそうな日々の中、「もう少し深呼吸を」と教えてくれるのは、室内外の植物たち。水やりをしているわたしが、心の水やりの時を贈られている。

去年はあまり花をつけなかった朝顔が、今年はたくさん咲いている。初めて咲いた日から、美しい濃い紫色の朝顔が一輪、また一輪と咲いていくのを見ていると、ただそれだけで、幸せな気分になれる。そして、「今日一日、さあ、がんばるぞー」と。なにをがんばるのかは自分でもわからないが、張りのある感情が押し寄せてくる。

祖母も母も花好きだったおかげで、生活の中には、いつも花があった。母が元気だった頃、小さな庭に植えた植物の花殻をせっせと取って手入れしていたその後ろ姿が、いまも目に焼きついている。彼女が丹精こめて育てている植物たちを、ご近所のひとや家の前を通るひとたちも楽しみにしてくれ、母は「花友だち」を増やしていった。

そういった風景が身近にあったこともあり、植物は気持ちを充たし、今日を明日につなぐ弾みを与えてくれる、と学んだのかもしれない。

若い頃は、もっぱら祖母や母に任せていたわたしが、植物なしでは暮らしていけなくなったのには、若くして長い闘病生活を余儀なくされた友人の存在があった。前掲の彼女である。治療に耐える彼女の痛みを取り去ることはできない、贈れるものもないという日々。退院して一時帰宅をした彼女のちょっとした気分転換に、ベランダを季節の花でいっぱいにしようと思ったのが、園芸にはまるきっかけだった。

いまの時季はどんな花があるかを調べることから始まって、彩りよく植えるには組み合わせをどうするか、向日性の花は？　むしろシェードを好む植物は？　肥料は？　水やりの度合いは？　プランターだと？　ハンギングバスケットの場合は？　といったように、夢中になって何十冊も園芸関係の本を読んだ。付箋《ふせん》だらけになった。

それをだいたい頭に入れて、実際に植物とつき合っていく過程で、また様々な発見があって驚いたり感動したり。なによりも彼女が喜んでくれたこと、退院を待ち望んでくれたことが、わたしの張りにもなった。

以来、三十余年。植物とのつき合いは続いている。

庭仕事の楽しみ

夜遅く帰ってからの庭仕事は大変なので、家の植物のほとんどはベランダのプランターが中心だ。どんどん増えて大小二〇〇鉢はある。この夏もまた増えた。

一年草や多年草、宿根草もある。キッチンの窓辺には料理に使うハーブ類も育っているから、わが家には「育ち盛り」が大勢いるということだ。

植物を「育てる」というが、本当は植物自らが育つのを傍らで息を潜めて観察させてもらっているというのが、現実だ。ポット苗の世話になることもあるが、多くは種子から準備する。種子を蒔く季節のひとつ前かふたつ前、カタログをチェックして、配置と配色を考える。それをスケッチブックに簡単に描いて、紫のビオラの隣りは白のスウィートアリッサムがいいか。中にオレンジのビオラを入れようか……。ああでもない、こうでもないと楽しく悩む。この時間がわたしの至福の時。

注文する種子は一〇〇袋近くなることもある。忙しくて、種蒔きの時季を逃してしまった時は、保存のためにビニール袋に入れて冷蔵庫の野菜室へ。時々取り出しては、双葉が開いた様子、初めての蕾《つぼみ》があがってくる様子などを思い浮かべて、うっとりとしている。

しかし、蒔いた種子のすべてが育ってくれるわけではない。ひとが手助けできるのは、わずかな注意と、ほんの少しの手間を惜しまないこと。あとは植物自身の生きる力に任せるしかない。

この習慣はたぶん、わたしの身体が動く限り続くに違いない。

深く向かい合う

どんなに納得いかないことが多い社会であっても、植物は季節を忘れず、一生懸命花を咲かせようと成長してくれる。そうやって植物が育っていく過程につき合う時間が、わたしの生活を豊かにしてくれている。

母を介護している時も、わたしは植物たちの存在に助けてもらった。手入れをまめにすれば、植物はそれに応えてくれる。丁寧につき合えば、きれいな花をつけてくれる。手抜きをすると、反乱を起こす。水やりを一日忘れると、真夏など悲惨なことになる。

数日間、家を空けても大丈夫な給水器でなんとか現状を維持する真夏もあるが、長く家を空ける時は、グリーン好きに預かってもらうか、シッターさん役をしてもらう。

ひとと同じで植物も長くつき合うことで、「これは少々水切れを起こしても、あとでたっぷりやれば回復する」「この角度で日差しがあたると葉焼けが起きる」など、それぞれの種類の個性もわかってくる。ダメになってしまった植物をよみがえらせるのも得意で、「ちょっとアジアンタムの葉がチリチリになっちゃって……」などというメールが入ると、お任せを。わが家のバスルームに預かっているパピルスもある。

喜びを分かち合う

クレヨンハウスのエクステリアにも、植物がたくさんある。

どの種類を、いつ、どこに置くかを決めて、種子を発注するのはわたしの仕事。「夏休みに向日葵《ひまわり》がたくさん咲いているようにしよう」などと季節ごとにテーマのようなものを考え、できるだけ手がかからなくて長持ちするものを選ぶようにしている。

最近、季節が一カ月ぐらい前倒しになっているのを感じることが多い。夏休みに入る前に向日葵がすべて咲ききってしまったり、七月に満開になる予定で準備していた各種のユリが六月半ばですべて咲いてしまったり。予定がずれて、次の花が咲くまでの間、「なにをメインに？」と、焦ることもまた楽しい。

わたしが不在の時は、花や緑の世話はスタッフがする。ロベリアの小さな花殻をこまめに取るなど、気が遠くなる作業だ。植物好きなわたしでもロベリアはそのままでいいか、と思うが、あまり興味がないスタッフにとっては負担かもしれない。それでも、緑や花はクレヨンハウスからお客様や近隣のひと、通りすがりのひとへの「サービス」と位置づけて、みんながんばってくれている。ありがたいことにスタッフはそのことを理解して、それぞれのセクションから植物の世話をする「美化委員」をひとりずつ出して、毎週チェックしてくれる。毎朝の水やりも忘れない。「美化委員」なんて小学校みたいだけれど。

この時代、都会で緑や花をたくさん育てられるような大きな庭を持つことは難しい。だから、せめて緑と花のある風景を分かち合いたい。毎朝のように散歩がてらに花の写真を撮っていかれるひともいれば、「ルリマツリはどこに咲いてるの？」「マンデビラの白いほうの花は咲いた？」と楽しみに来てくださるお客様もいる。

一本の木を知ることで人生は変わる

緑や花を通して自分の知らない世界があるということを実感し、それをひとつずつ知っていく過程のおもしろさに夢中になった過去が、わたしにはある。

花についてはかなりの情報を入手できたが、樹木についてはあまり知らない。これからは樹木を学びたい。

花は花で素敵だが、樹木が持っている深い静謐《せいひつ》に強く心惹かれる。声高になにかを主張するわけではないのに、確かないのちを営み、その存在を無言で語っている。

『木はいいなあ』という絵本があるが、春夏秋冬、移り変わるその姿を見ていると、本当に「木はいいなあ」。樹木の孤高さに感動させられる。

介護などいろいろな事情が重なって仕事を一時中断。五〇代から勉強を始めて樹木医になった友人がいる。彼もまた「木はいいなあ」から、セカンドステージをスタートしたひとで、会うたびに「いい顔」になっていく。

わたしはまずは、それぞれの樹木の名前を知ることから始めようと思う。絵本作家でナチュラリストの姉崎一馬《あねざきかずま》さんの写真絵本、『はるにれ』。三〇年前、クレヨンハウスが現在の場所に引っ越す時に、ハルニレを地下のエクステリアのシンボルツリーにしようと、業者さんに頼んでみつけてもらって、埼玉から運んでもらった。

大きくなーれと楽しみに育ちの時につき合って、遊びにみえた姉崎さんに「うちのハルニレです」と紹介したら、「それ、アキニレですよ」。

楡《にれ》は楡でも、ハルニレとアキニレがあることも知らなかった。何人かの子どもたちに「これは、この絵本に出てくるハルニレだよ」と間違って伝えてしまい、「ごめんなさい」だった。

忙しい時こそ手料理を

いいことではないが、毎日走り回る日々が続いている。書く仕事、クレヨンハウスの仕事、各地での講演、ラジオの収録、生放送、オーガニックコットンのおとな服のプロジェクト、反原発や沖縄の基地問題の活動等々。「報道ステーション」や「ＮＥＷＳ23」が観られる時間に家にいることは、めったにない。

そんな日々が続くと、朝は必ず、夜もできるだけ食事は自分で作るようにしている。どんなに疲れていても、自分で作った食事をすることが、精神的な満足感と、どこかで結びつくのだ。

もちろん、疲れ果てて、パスの夜もあるが、「作りたくない」と思う夜も、自分で作ったご飯を食べ終われば、ふーっ、疲れがどこかに飛んでいく。

「忙しい」というのは、単に時間がないということだけではなくて、精神的に余裕がないことなのだ、と体験を通じて痛感している。

従って、敢えて忙しい時にゆっくり食事をするのは大切なこと。「あなたの身体は食べるものでできている」という言葉があるが、人間の精神生活もまた、食べ物でできている部分があるのではないか、とさえ思う。

思い切り料理する

食事で大事にしているのは、旬を食べること。

たっぷりの季節の野菜や果物。調味料もすべて、わがクレヨンハウスで調達。トマトがトマト色に、茄子が茄子色に光り輝く様子は前述したが、花とはまた違った充足感をもたらしてくれる。セロリの大株など、香りも含めて、部屋のインテリアにしたいくらいだ。それらを自分が「おいしい」と感じる味つけで調理し、色もバランスよく盛りつけて、テーブルいっぱいに並べる。ドーン、とあるのが好きなので、大皿の出番はひんぱん。そして、好きな音楽を聴きながら、ゆっくりと味わう。そんな食事ができた日は、身体にも心にも元気がみなぎるのがわかる。

週に一度ぐらいしかないが、「今日はゆっくりできる」という朝は、天然酵母、全粒粉のパンか玄米、それに冷蔵庫に入っている季節の野菜や果物を使い切ってあらゆる料理にチャレンジ。そうやって思い切り料理ができると、充ち足りた気持ちになり、「生きていてよかったな」と、なんと大げさな！　そんな時は、ＢＧＭをなににするかまで凝ったりして、これで今日一日の幸福感はゲット。

基本は素材を大事に。そしてあとは、自分の胃袋の声に忠実に。イタリアン、和食、中華。いまある素材を使ってなんでもつくる。といってもオーガニックの農産物は、あまり手を加えないほうが美味なので、調理時間は短くてすむ。

八月二七日　朝のメニュー

●夏野菜のラタトゥイユ〈野菜室のあまった野菜総動員。ズッキーニ・トマト・たまねぎ・パプリカ・オクラ等を適当にカットし、みじん切りにしたニンニクを入れたオリーブオイルで炒め、塩、胡椒、野菜ブイヨンで味つけ。ミネラル・ウォーターを少し加える〉

・トマトとたまねぎとフレッシュバジルのサラダ〈ただ切るだけ〉

・サニーサイドアップ・目玉焼きのハーブソーセージ添え〈フライパンがありさえすれば、すぐできる〉

・蒸し野菜〈これも野菜室の整理を兼ねて。南瓜・にんじん・茄子・シシトウ等をスチームして、味噌〈玄米味噌＋オリーブオイル＋スライスして炒めたニンニク＋少々の洗双糖＋ゴマ油を混ぜたもの・作り置きＯＫ〉をつけて〉

・全粒粉のパン

・コーヒー

・キウイと桃

食べ過ぎだ。

以上

ひとりで食べる幸せ

帰りが遅くなる日で、余剰エネルギーがある時は、出かける前に準備しておく。下ごしらえだけの時もあるが、シチュウやカレー、はたまた、おでんのような煮込み料理は、出かける準備をしながらほぼ完成近くまで。

旬の野菜がおいしい時期はつい調子にのって買いすぎてしまうので、無駄にしないよう、トマトならミートソースやトマトソースなどの保存食をたっぷり作って冷凍しておく。夜中までかかったりするが、原稿を書くのに疲れた時、いい気分転換にもなる。

わたしは大人数で暮らしたことも、ひとり暮らしの体験もあるが、ひとり暮らしだと、大根一本、キャベツ丸ごと一個を新鮮なうちに食べきるのは大変。一生懸命作っている生産者の方々の顔を思い浮かべると、使わないまま腐らせることに大きな罪悪感を覚える。考え得る料理をあれこれ作っては、なんとか使いきろうとする。

テーブルにはたくさん皿が並んでいるのが好きなので、つい作りすぎてしまい、そんな時は友人たちに電話をして、「今夜、来る?」。

大勢で食事をする日が続くと、今度は「お茶漬けでいいから、ひとりで食べたい」。

大勢と数人、そしてひとりと。どれもが豊かな時間の過ごしかたである。

孤独という果実

孤独はとても豊かな時間をもたらしてくれる。もともとひとりでいることが好きなわたしにとってはあたりまえのことだが、これがなかなか理解されない。

孤独は回避すべきものだろうか。これまでの人生で充実したひとりの時間を過ごしたことがあるひとなら(家族がいようといなかろうと)、孤独は美味なる果実であるはずだ。

ひとと共にいることが豊かな時間であるなら、ひとりの時空も豊かで味わい深い。

本来、ひとは誰かと一緒にいても、ある意味、孤独ではある。どんな時でも、どんなところでも、孤独感はついてまわる。そこから逃げようとすると、孤独は辛く、苦い。孤独が嫌なひとに孤独は冷たいものだが、共にいようとすれば、孤独はこのうえなく親密な存在になり得る。得がたい友人だ。

学校で学んだよりずっと多くのことを、わたしは孤独の中で学んできた。その場に誰かがいたとしても、音楽を聴く時も、映画を観る時も、読書の時も、そこからなにを受け取り、感じるかは、わたしひとりのものだ。

一冊の本がもたらしてくれる頷きや疑問も、ひとりの時空から生まれる。そして、誰と共にいても、孤独はそれぞれの内側に存在する。だからこそ、ひとは他者に優しくなれるのではないだろうか。

最後に孤独でいられる時空を探して

「人生の最後の日々は、孤独な状態ではいやだ」というひとは多いかもしれない。一方、わたしは逆に「どこに行けば、最期を孤独で迎えられるか」が最も気になる。

自宅で残された日々を過ごせるのであれば、孤独を保つことはできる。しかし、自宅では無理、という状態になるかもしれない。そうなってもわたしが孤独でいられる場所を決めておかなければ、といささか焦る。

以前、ドイツや北欧にある高齢者向けの施設をいくつか取材したことがある。施設といっても様々だが、たとえば、建物の真ん中に皆が集うサロンのような場所があり、浴室と小さなベランダがついた個室（リビング・キッチン＋ベッドルーム）が入居者のプライベートな空間になっていた。それほど広い部屋ではないけれど、住人たちは、いままで暮らしてきた日々の中から絶対に捨てられない大事なものだけ持ちこんで暮らしている。「始末」する気になれなかった、それぞれの宝ものだ。

写真やアルバム、新婚時代に一客から買い求めて家族が増える度に買い足していったカップ&ソーサー、夫が描いた高原の絵等々。部屋を見れば、そのひとの人生の奥行が感じられるような。そして、どのベランダでも好みの花が鉢植えで育てられていた。家の庭からお気に入りを持ってきてベランダに植え替えるのもＯＫ。思い出の品と緑に囲まれたスペースは、人生の最終章を過ごすのに悪くないように思えた。

皆で集まる時間を大切にしつつも、気が乗らなければ、ひとりで部屋にいてもいい。そしてそういうひとに、他の入居者やスタッフが「こっちにいらっしゃいよ」と敢えて言わない距離感もきちんとある。そんな様子が垣間《かいま》見えた。

たとえば、子どもがひとりでいると、それだけで多くのおとな（わたしも）は大丈夫？寂しくない？　仲間はずれ？　と考えてしまいがちだ。けれど、子どもはその時、空想の世界で遊んでいるのかもしれない。おとなだって、高齢者だって同じ。想像力を大きく羽ばたかせる快楽は、奪われたくない。

孤独と孤立は違う

日本ではとかく、「ひとりにさせてはいけない」という強迫観念が強い。もちろん、ひとりにさせないことが優しさであり、人間関係の基本だ、という場面もたくさんある。しかし、一方では、ひとりになりたいというひとの望みを具体的に叶えることもまた、そのひとへの贈りものではないだろうか。

孤独と孤立は違うということを認識したい。「ひとりでいい」というひとに、「じゃあ、なんのサポートもケアもなくていいの？」というのは違う。

以前、ケアやサポートの外で最期を迎えたひとびとを、「孤独死」と呼ぶ風潮が強かった。正しくは、孤独死ではなく、孤立死だ。

高齢者でも当然、ひとによってもどう暮らしたいかはひとりひとり違うし、また「ひとりが好き」というひとであっても、その日によって「誰かといたい」という時もある。「孤独と孤立は違う」、ここから始めなくては。

人生の「始末」について考える時、わたしたちはそこにある死から目を離すことは不可能だ。

死とは、なにか。どんなものなのか。まだ死んだことのないわたしにはわからない。

それでも愛するひとびとの幾つかの死を体験して、言葉にすることが許されるなら、わたしはこう呼びたい。未だ曖昧な霧の向こうのそれではあるが、死（それも高齢の）とは、もうひとつの解放である、と。

二〇一五年の五月に亡くなった詩人・長田《おさだ》弘さんは『死者の贈り物』（みすず書房）に収録された「渚を遠ざかってゆく人」の中で、次のような光景を描いておられる。

（前略）

波打ち際をまっすぐ歩いてくる人がいる。

朝の光りにつつまれて、昨日
死んだ知人が、こちらにむかって歩いてくる。
そして、何も語らず、
わたしをそこに置き去りにして、
わたしの時間を突き抜けて、渚を遠ざかってゆく。
死者は足跡ものこさずに去ってゆく。

（後略）

やがてはわたしにも訪れるそれ、死を考える時、いつも思い浮かべるのが、この詩に刻まれた渚の風景である。「時間を突き抜けて、遠ざかってゆく」わたし自身だ。生きている誰かを置き去りにし、なにも語らず、遠ざかってゆく……。静かに平和に、その時を迎えることができたら、幸せだと思う。

長田弘さんには『詩ふたつ』（クレヨンハウス）という、ある意味、そっけないタイトルの詩画集がある。学生時代から共にあり、先に逝った最愛の妻に捧《ささ》げた詩集で、クリムトの植物画を配した作品だ。わたしも編集に関わった。

この作品の後書きで、長田弘さんはこう記しておられる。


人という文字が、線ふたつからなるひとつの文字であるように、この世の誰の一日も、一人のものである、ただひとつきりの時間ではありません。一人のわたしの一日の時間は、いまここに在るわたし一人の時間であると同時に、この世を去った人が、いまここに遺していった時間でもあるのだということを考えます。

亡くなった人が後に遺してゆくのは、その人の生きられなかった時間であり、その死者の生きられなかった時間を、ここに在るじぶんがこうしていま生きているのだという、不思議にありありとした感覚。

（中略）心に近しく親しい人の死が後にのこるものの胸のうちに遺すのは、いつのときでも生の球根です。喪によって、人が発見するのは絆だからです。


そう。わたしたちは、亡くなったひとが生きられなかった時間を、いま、ここで生きているのだ。だからこそ、わたしはわたしの「いま」を、ここにある「生」を大事にしたいと思う。

死生学という概念をわたしたちに伝えてくれるおひとりに、上智大学名誉教授のアルフォンス・デーケンさんがおられる。

著書『心を癒す言葉の花束』（集英社新書）で、ふたりの大きな存在の言葉を紹介しておられる。

ひとりは、さきの戦争でアウシュビッツをはじめとして、幾つもの強制収容所で凄惨きわまりない体験をし、生還した『夜と霧』の作者、ヴィクトール・E・フランクルである。

彼は述べる。

　自分を待っている仕事や愛する人間にたいする責任を自覚した人間は、
　生きることから降りられない

一方、ヴォルフガング・アマデウス・モーツァルトの言葉も不思議な透明感をもって心を包みこんでくれる。

はっきり言って、死は確かに人生の最終の目的なので、数年来私は、人間の最良の友である死に親しむことを、自分の務めだと思っています。そのためか、私はこの友のことを思い出しても、別に怖くはなく、むしろ大きな慰めと安らぎを覚えているのです。

フランクルの言葉にも、モーツァルトのそれにも深く頷くわたしがいる。どちらも、わたしがわたしを生ききること、そして最期の時、手放したくない心情であり、姿勢である。同時に、そうであれたらという願望をも含んだ言葉だ。

母の最期の瞬間、わたしは彼女の耳元で幾つかの言葉を伝えた。そのひとつは、次のようなものだった。

ほんとに長い間、頑張ってきたよね。
おかあさん、ありがとう。
もう、やすんでいいんだよ。

わたしが最期を迎える時、この言葉を、（たとえ言葉を失った状態でも）わたしはわたしに伝えたい。

あとがきにかえて

九月の中で、このあとがきめいたものを書きはじめた。
なかなか前にすすまない。
それにしても、あとがきはいったい、だれのためのものなのだろう。
なかなか書き終えることができない言い訳に、さっきからそんなことを考えている。
それは著者のためのものなのだろうか？
読者のためにあるのだろうか？　わたしにはわからない。
なんとなく言い訳めいているな、ともあとがきについて思う時がある。
読者のためでも著者のためであっても、書き残したものがあるなら、
本文に加えればいいのに！
自分が意図したものをすべてとは言えないけれど、あらかた書き終えたたなら
それでいいとしようじゃないか。未練たらしいのはなんだか落ち着かない。

そんな思いもある。

読者にしても、読み終えたと思った途端、また同じトーンの「声」が聞こえてきたらうんざりするのではないか。

著者としてなら、こう言える。

未完であっても、舌足らずであっても、すきま風が吹きこんできても雨漏りがしたとしても、それはそれで仕方がない。

それらすべての不足や過剰を含めて……。

「それがわたしの力、です」と。

ベランダでは草花の種子が発芽している。
ここ数日間で双葉を開き、さらにその丈を伸ばしたようだ。
この冬から、場合によっては六月、七月まで咲いてくれるはずの草花たちだ。
ビオラ、パンジー、アリッサム、アグロステンマ、
矢車菊、ストック、ルピナス、ギリア、ホリホック等々。

花をつけるのは先のことだが、双葉それ自体の姿形が違う。
芽の色もさまざまだ。ケシ粒ほどの種子の中に、
驚くほど大きな宇宙と驚異が詰まっている。
老眼鏡を上下させながら深夜の数時間を使って、
およそ五〇〇〇粒の種子を蒔いたのが、九月に入ってから。
二、三日で発芽するものもあれば、一週間や一〇日近くかかって
もうだめかと落胆した翌朝、種子蒔き用土のうえに緑色のホコリのような、
それは小さな芽をみつけることもある。
一年草は、発芽してからさらに生育し、蕾をつけて開花をする。
そしてやがては、その生を終える。結んだ種子を後に残して。
多年草や宿根草は、季節が巡るたびに再びの生を生きる。
わたしたちは？
その一生は一年草なのだろうか。あるいは多年草なのか。
芽吹いたばかりの双葉を見ながら考える。

たぶん、わたしはたくさんの宿題、「おとなの始末」を完成させることなく、この生を終えるだろう。

しかし、生きることに、そして最期を迎えることに、完成形などあるのだろうか。なにをして完成と呼ぶことが可能なのか。

ほとんどすべての人生は、未完と言えるのではないだろうか。

フィンセント・ウィレム・ファン・ゴッホ（一八五三～一八九〇）であっても、ヨハネス・フェルメール（一六三二～一六七五）であっても。

権力に反旗を翻し、虐殺されたローザ・ルクセンブルグ（一八七〇～一九一九）も、「足袋つぐやノラともならず教師妻」とうたった杉田久女《ひさじょ》（一八九〇～一九四六）の生も、三四歳で死去したシモーヌ・ヴェイユもまた。

彼女たち、彼らは「歴史に名を残そう」と意図していたわけではないだろう。「おとなの始末」を絶えず意識していたわけでもないだろう。

ただひたすら信念に基づき、あるいは心のおもむくままに、

「自分を生きた」のに違いない。

画家になることも詩人になることも革命家になることもなかった、わたしたちの、たとえば祖父母たち。

彼らもまた懸命に、未完を生きた存在であったに違いない。

そのひとが愛し、そのひとを愛したものの心の水底にだけ、そのひとが確かに存在した記憶を刻んで、そのひとはやがて逝く。

あなたやわたしの人生もたぶん同じだろう。

それは無念なことなのだろうか。わたしはそうは思わない。

どれもが、かけがえのない生であったはずだ。

そしてそのかけがえのない生の延長に、死があった。そう考えると、死もまた生のひとつの「表情」と言えないだろうか。

「おとなの始末」とは、つまり……。

最期の瞬間から逆算して、残された年月があとどれほどあるかわからないが……。
カウントすることのできない残された日々を充分に、存分に「生ききる約束」、
自分との約束。そう呼ぶことができるかもしれない。
生あるうちは生きるしかない。
生きるなら、「自分を生ききってやろう」という覚悟のようなものが、
本書『おとなの始末』の底流に流れる静かな水音と言えるかもしれない。

クレヨンが好きで、仕事机の横にいつも置いている。色鉛筆もある。
あれもこれもそれも、と二四色や三六色のすべてを
試してみたかった年代は、とうに過ぎた。
さまざまな色を思いつくままにやみくもに使いながら、
あの頃はどの色も、自分の色とはなぜか思えなかった。
そしていま……。
一色だけを選ぶことはまだできないけれど、数色だけが、

わたしの素手には握られている。

人生においてタフなファイターでありたい。
同時にデリケートなファイターでありたい、とわたしは考える。

本書の編集を担当してくださった金井田亜希さん、加藤裕子さんと
この本を手にとってくださったあなたに。
心をこめてありがとうございます。

二〇一五年九月末

落合恵子

落合恵子（おちあい　けいこ）

一九四五年、栃木県生まれ。作家。子どもの本の専門店「クレヨンハウス」と女性の本の専門店「ミズ・クレヨンハウス」、オーガニックレストラン等を東京と大阪で主宰。「月刊クーヨン」、オーガニックマガジン「月刊いいね」発行人。主な著書に『自分を抱きしめてあげたい日に』（集英社新書）、『母に歌う子守唄　わたしの介護日誌』（朝日文庫）、『「孤独の力」を抱きしめて』（小学館）、『積極的その日暮らし』（朝日文庫）、『三匹の犬と眠る夜』（平凡社）など多数。

集英社新書〇八〇九B

おとなの始末《しまつ》

二〇一五年一一月二二日　第一刷発行

著者……落合恵子《おちあいけいこ》
発行者……加藤　潤
発行所……株式会社集英社
東京都千代田区一ッ橋二―五―一〇　郵便番号一〇一―八〇五〇
電話　〇三―三二三〇―六三九一（編集部）
〇三―三二三〇―六〇八〇（読者係）
〇三―三二三〇―六三九三（販売部）書店専用

装幀……原　研哉
印刷所……凸版印刷株式会社
製本所……加藤製本株式会社

定価はカバーに表示してあります。

ISBN 978-4-08-720809-2 C0236

Printed in Japan

a pilot of wisdom